KB052907

Contents

The world's best assassin,
to reincarnate in a different world aristocrat

"아니, 죽일 거야."

"어때? 읽은 모습을
보여 주자 싶어서.
예쁘지?"

세계 최고의 암살자, 이세계 귀족으로 전생하다

7

The world's best assassin,

To reincarnate in a different world aristocrat

츠키요 루이 일러스트 레이아

옮긴이 송재희

　세계 종교라고도 불리는 아람교. 그 총본산인 성도(聖都)에 나는 체재 중이었다. 아니, 정확히 말하면 아람교가 준비한 숙박 시설의 방에 감금되어 있었다.

　지금은 침대에 앉아 서류를 훑어보고 있었다.

　교황으로 둔갑하여 아람교를 조종하던 마족을 쓰러뜨린 후 사흘이나 지났다. 나야 빨리 학원으로 돌아가고 싶지만 절대 허락되지 않을 일이었다.

　이유는 간단했다. 마족이 교황으로 둔갑한 사건은 아람교의 존재가 위태로워질 정도의 불상사라서 당사자인 나를 수중에 두고 싶어 했기 때문이다.

　'이 정도 불상사인데. 정말 이런 방식으로 덮을 수 있을까?'

　엊그제, 불상사를 덮을 방책이 마침내 내게 제시됐다.

　나를 영웅으로 만드는 이야기를 날조하여 빛나는 영웅담을 이용해 민중의 눈을 속이려는 것 같았다.

'암살 귀족으로선 너무 유명해지는 건 곤란하지만…… 아람교는 뜻을 굽히지 않겠지. 그나저나 이 스토리는 억지스럽지 않나?'

내가 들고 있는 것은 날조된 영웅담이 적힌 서류였다.

이르기를, 간부들은 교황이 마족과 뒤바뀌었음을 눈치채고 있었다.

하지만 마족의 힘은 강대하여, 정체를 지적하면 마족이 본성을 드러내 날뛰어서 성도에 있는 사람들이 모두 죽는다……. 그래서 아람교의 간부들은 일부러 눈치채지 못한 척하면서 표면적으로는 【성기사】루그 투아하데를 반역자로 소환한 것이다.

그리고 루그 투아하데는 아람교 간부들의 지원 속에 아람교의 무녀, 아람 카를라와 함께 마족을 토벌했다.

'잘도 이런 걸 생각해 냈네.'

이렇게 하면 나를 신의 적으로 간주하여 민중 앞에서 규탄한 것도, 간부들의 다양한 악행도, 전부 마족을 쓰러뜨리기 위한 책략이었다고 주장할 수 있다. 적을 속이려면 먼저 아군부터…… 그렇게 변명할 수 있다.

아람교의 간부들은 마족에게 속은 무능한 해악에서 영웅으로 바뀌는 거다.

이 이야기에 현실성을 더하기 위해서는 내 협력이 꼭 필요했다.

내가 말을 맞추지 않으면 이 이야기는 신빙성을 잃는다.

'신의 적으로 처형당할 뻔했던 나로서는 웃기지 말라고 하고 싶은데.'

그렇다고 협력을 안 할 수도 없었다.

아람교는 많은 사람이 믿는 마음의 지주라서 없어지면 세계가 대

혼란에 빠진다. 그건 내 조국인 알반 왕국도 마찬가지다.

아람교가 위신을 잃으면 곤란했다.

이 시나리오대로 움직이는 것이 우리 알반 왕국의 국익으로도 이어졌다.

알반 왕국의 귀족으로서 감정보다 국익을 우선해야 했다.

'최악에는 간부들이 체면을 고집하여 적당한 죄상을 날조해 처형을 강행할지도 모른다고 생각했지만, 그것과 비교하면 훨씬 낫나……'

녀석들은 무엇보다도 겉치레와 체면을 신경 쓰지만, 아람교는 어떤 의미에서 아주 현실적이었다.

훌륭한 경영 감각이다. 그렇기에 세계 종교가 되었을 것이다.

이 정도 규모의 조직은 신앙만으로 운영할 수 없다.

그리고 이 각본은 내게도 나쁘지 않았다.

어떤 형태로든 내가 세계 종교를 적으로 돌렸다는 사실은 지워지니까.

"루그, 루그!"

나를 부르는 소리가 들려서, 사고의 바다에서 올라와 침대에서 몸을 일으켰다.

"우리 같은 사람들이 여기 묵어도 되는 걸까? 살짝 주눅이 들어."

목소리의 주인은 몸집이 작고, 지성과 귀여움이 공존하는 아름다운 소녀였다. 여기 있는 것이 그렇게나 어색한지 자랑거리인 은발을 연신 만지작거리고 있었다.

이 아이는 디아. 호적상으로는 내 동생으로 되어 있지만, 그 정체는 마법 스승이자 연인이었다.

"이 숙소가 그렇게 대단한가요? 사치스러운 느낌은 안 드는데요."

디아의 말에 반응한 것은 사랑스러운 금발 소녀였다. 남자의 슬픈 습성 때문에 그녀의 훌륭한 가슴에 눈이 가고 말았다.

이 아이는 내 전속 하녀이자 비밀 가업의 조수인 타르트였다.

"정말, 타르트. 당연히 대단하지. 여기 묵으려고 엄청난 금액을 기부하는 귀족과 상인이 끊이지 않는걸."

"네? 그런가요?! 이상하네요. 방이 그렇게 좋지도 않고, 요리도 썩 맛있지 않은데."

타르트의 말대로 그렇게 호화로운 방은 아니었다.

나오는 식사도 기껏해야 중상급. 서비스도 평범했다.

하지만 이곳의 가치는 따로 있었다.

"타르트한테는 아직 종교에 관해 가르쳐 주지 않았지……. 미안, 가르쳐야 했는데. 전속 하녀에게는 필요한 지식이야. 지금 가르쳐 줄게."

타르트는 귀족의 전속 하녀다.

즉, 주인과 동행하며 손님 앞에 모습을 드러내는 입장이다.

하녀로서 익혀야 할 각종 기술은 물론이고, 주인을 망신시키지 않도록 일류의 예의범절과 귀족의 대화를 따라갈 화술, 교양이 필요했다.

어느 정도 교육을 받은 좋은 집안 출신이, 손님 앞에 모습을 보이지 않는 말단 생활을 최소 3년은 경험한 후에야 하녀장 보좌로 또 3년을 보낸다. 원래는 그게 전속 하녀가 되기 위한 최저 라인이었다.

제대로 교육받지 못하고 자란 타르트가 고작 2년 만에 암살자 조수와 병행하여 전속 하녀가 되려면 피나는 노력만으로는 부족했다.

피나는 노력으로 어떻게든 되도록, 습득할 교양을 압축하고, 자주 만나는 귀족들 취향의 교양을 중시해서, 종교 관련은 가볍게만 다뤘었다.

"루그 님, 미안하다고 하지 마세요. 제 공부가 부족했을 뿐인걸요."

타르트가 황급히 정정했다. 그녀는 자신을 비하하는 경향이 강했다.

지금까지는 그런 성격이라고 생각하고 넘어갔지만, 향후를 생각하면 이 버릇은 고치는 편이 좋았다.

"그렇게 금방 사과하는 건 타르트의 나쁜 버릇이야. 자기 잘못이라고 단정 지어 버리면 진실을 놓치게 되고, 상대방에게도 좋지 않아. 사람은 잘못을 고치며 성장해. 타르트가 전부 자기 잘못이라고 단정 지으면 내가 성장할 수 없고, 내가 성장하지 않으면 내 가르침을 받는 타르트도 성장할 수 없어."

"그게, 죄송합니다."

말이 끝나기가 무섭게 타르트는 또 사과했다. 이 버릇을 고치려면 고생할 것 같다. 어쩔까 고민하고 있으니 디아가 입을 열었다.

"정말, 그게 문제라는 거야. 주인을 바로잡는 것도 사용인의 역할이니까. 특히 전속 하녀라면 더더욱 루그를 위해서도 힘내."

"그렇죠. 저, 죄송, 아니, 힘낼게요."

"응응, 그러면 돼."

디아가 만족스럽게 고개를 끄덕였다.

그녀는 몸집이 작아서 어려 보이지만, 머리가 좋고 다른 사람을 잘 챙긴다. 처음 만났을 때부터 누나 행세를 했는데, 그 점은 지금도 변함없었다.

최근에는 「나는 누나니까」라는 말버릇이 「나는 정처니까」로 바뀌어서 타르트와 마하까지 적극적으로 챙기려 들었다.

이 일은 디아에게 맡기는 편이 좋을 것 같으니 이 흐름에 편승하자.

"기대할게. 타르트는 최고의 전속 하녀니까."

"루그 님이 제게 기대를…… 그, 목숨 걸고 할게요!"

타르트가 주먹을 꼭 쥐었다.

이 모습을 보면 괜찮을 것 같다.

나도 태도를 고쳐야겠지.

이제 타르트는 즉석 배양한 전속 하녀가 아니다. 충분히 초일류 전속 하녀가 될 수 있다.

순간을 모면하는 것을 우선하여 지금까지 짚어 주지 않고 넘어갔던 것을 앞으로 조금씩이나마 가르쳐 나가야겠다.

"자, 그럼 바로 이 건물이 어떻게 특별한지 설명할게. 이 건물은 성도 내에서도 신성시되어 신의 집이라고 불려. 신의 손님만이 초대받지. 이곳에 묵기만 해도 실질적으로 세계 종교인 아람교의 인정을 받은 특별한 사람이 되는 거야. 여신의 축복을 받을 수 있다는 얘기도 자주 들어."

"그랬군요. 하지만 엄청난 돈을 낸다고 아까 디아 님이 말씀하셨잖아요. 돈으로 신의 축복을 사는 걸 의문스럽게 여기진 않나요?"

날카로운 지적이다.

타르트가 이런 지적을 할 줄은 몰랐다.

아니, 순수하기에 본질이 보이는 거겠지.

"대귀족일수록 돈을 내서 이곳에 묶어. 그러면 돈을 낸 대귀족은 그걸 자랑하겠지? 대귀족이 자랑하면 그게 귀족 사회의 상식이 돼. 다들 그걸 당연히 여기며 따라 해."

타르트가 진지한 얼굴로 고개를 끄덕였다.

"그리고 돈을 내는 게 공적이 되는 것도 아예 틀린 말은 아니야."

"무슨 뜻이죠?"

"아람교는 세계 각지에서 무료 배식을 하고 고아원을 운영해. 기부금이 있기에 할 수 있는 일이지. 부자가 낸 돈이 돌고 돌아서 사람을 구하는 거야. 즉, 돈을 많이 낸 사람일수록 많은 사람을 구해."

돈만 내면 그만이냐고 말하는 자가 많지만, 실제로 사람은 돈으로 구한다.

가난한 사람이 선의로 봉사에 힘쓰는 것보다도 부자가 변덕으로 내놓은 거금이 몇백 배는 더 많은 생명을 구하기도 한다.

"그렇게 생각하면 돈으로 신에게 인정받는 것도 납득이 가네요! 어라? 디아 님은 납득할 수 없나요?"

"응, 궤변으로 들린단 말이지."

"실제로 부자의 허영심 덕분에 살아나는 사람이 많으니까 그 점은 칭찬해야 해."

부자의 허영심으로 생명을 구하는 시스템은 덮어놓고 칭찬하고 싶다.

부자는 허영심이 충족되고, 가난한 사람은 목숨을 건지고, 더할 나위 없는 win—win이다.

……기부금의 70%는 아람교 관계자의 주머니로 들어간다고 하지만.

그래도 30%는 제대로 세상을 위해서 쓴다.

종교 관계자는 원한을 사기 쉽다. 전생에 종교가가 몇 번 암살 대상이 되어서 이것저것 조사한 적이 있기에 말할 수 있는데, 30% 나 활동비로 쓰는 것은 양심적이라 할 수 있었다.

이를테면 대대적으로 광고하는 어떤 종교는 80%를 착복했다.

20%는 활동비였으나, 그 활동비도 포교를 위한 홍보비로 거의 사라졌다.

대기업 매상 수준의 기부금을 모으는데 한 사람도 구하지 못했다.

"저는 가난했기에 알아요. 음식은 그저 음식이에요. 배고파 죽을 것 같을 때, 그 음식이 어떻게 마련되었는지는 어찌 되든 좋아요……. 그저 먹고 싶어요."

먹을 것이 부족하여 버려진 타르트의 말에는 강한 설득력이 있었다.

"미안해. 응, 그렇지. 목숨을 건지는 사람이 어떤 마음일지 상상하지 못했어."

"아람교는 우수해. 부자의 허영심으로 사람을 구하는 시스템을 만들었으니까. 그런고로 원래 이곳에는 부자만 묵을 수 있어. 그리고 그 증거로 특별한 성구(聖具)를 받아."

"어떤 걸 받나요?"

"아람교의 사제가 축복한 보석이 박혀 있는 목걸이야. 귀족의 파티에서도 보란 듯이 걸고 있는 녀석을 자주 볼 수 있어."

세공 자체는 매우 훌륭하지만, 보석의 질은 썩 훌륭하지 않았다.

그런 싸구려 보석을 대귀족과 대상인이 자랑스레 파티에서 과시하니, 종교란 건 참으로 재미있다.

"그런 물건까지 있나요?"

"안 그러면 거금을 낸 귀족들이 자랑하기 어렵잖아? 거짓말로 허세 부리는 사람이 나오지 않게 견제도 돼. 여기 묵었다고 입으로는 얼마든지 말할 수 있어. 하지만 형태로 남는 게 있으면 거짓말이 통하지 않으니, 어쩔 수 없이 진짜를 얻기 위해 비싼 돈을 내는 거지."

"돈을 벌겠다는 열의가 굉장하네요."

"종교가는 어정쩡한 상인보다 훨씬 장삿속이 밝아. 큰 종교 단체일수록 그런 경향이 강해. 어쨌든 종교 단체를 키우려면 막대한 돈, 여러 나라로부터 온갖 권리를 인정받을 터프한 교섭, 권력자의 환심을 사는 인심 장악 능력이 필요하니까. 그 모든 것이 일류 상인에게 필요한 자질이야."

설교하여 감동을 주는 것만으로는 종교 활동을 유지할 수 없다.

돈을 잘 벌수록 종교 단체의 규모는 커진다.

"아, 루그. 이런 생각이 살짝 들었는데, 그 성구를 잔뜩 만들면 떼돈을 벌 수 있지 않을까?"

"디아 님, 그럼 안 돼요. 벌 받을 거예요."

"그럴까? 신은 그럴 여유가 없을 것 같은데."

아람교가 모시는 하얀 여신을 떠올렸다.

그 하얀 여신은 내게 말을 거는 것만으로도 세계를 유지하는 리소스를 잡아먹는다며 거의 나타나지 않는다.

고작 자신을 모시는 종교의 이익을 해쳤다고 해서 일일이 신벌을 내리지는 않을 것이다. 수지 타산이 안 맞는다.

하지만······.

"벌은 받아. 아람교와 관련된 물건을 무허가로 만들면 바로 신의 적으로 규정돼. 심지어 목걸이에 쓰는 보석에는 아람교의 성인(聖印)이 들어가. 성인을 무단으로 사용하면 단박에 아웃이야. 들키면 아람교가 주교인 나라에서는 무조건 사형이지······. 실제로 그런 바보가 과거에 있었어."

"굉장히 속물적인 신벌이네."

"말했잖아. 큰 종교 단체일수록 장사를 잘해. 게다가 신을 위한 일이라는 최강의 카드가 있어. 거기에 싸움을 걸면 당연히 그렇게 되겠지."

상인은 누가 자신의 이익을 침해하게 두지 않는다.

"감사합니다. 무척 공부가 됐어요. 받은 성구는 잘 간직할게요. ······여차할 때 쓸 도피 자금으로요!"

나와 디아는 마주 보고 소리 내어 웃었다.

"그러네. 확실히 도피 자금으로는 최고야."

"맞아. 부피가 크지도 않고, 거금으로 바꿀 수도 있지."

암살 귀족은 위험한 가업이다.

언제 왕족에게 꼬리 자르기를 당할지 모른다.

그렇기에 국내외에 어느 정도 자산을 분산시켜서 숨겨 뒀고, 안전가옥과 또 다른 호적 등을 디아와 타르트 것까지 준비해 뒀다.

하지만 안전가옥에 도달하는 것도 그런대로 고될 것이다. 갑자기 꼬리 자르기를 당해서 자산을 회수할 여유가 없을지도 모른다.

성구는 늘 몸에 지닐 수 있고, 언제든 비싸게 팔린다. 게다가 똑같은 물건이 세상에 넘쳐 나기에 누가 팔았는지 특정할 수 없다. 더할 나위 없이 이상적인 도주 자금원이라고 할 수 있었다.

건달이 롤렉스 시계를 차는 것과 같은 이유다.

다들 똑같이 롤렉스를 애용하는 것은 과시하기 위해서가 아니다. 롤렉스만큼 가지고 다니기 쉽고, 구매자를 찾기 쉬워서 빠르게 거금으로 바꿀 수 있는 물건이 없기 때문이다.

"타르트가 그런 발상을 떠올리다니…… 억세졌구나."

"저기, 제가 이상한 말을 했나요?"

"아냐, 칭찬하는 거야."

타르트는 성장 환경 때문에 내가 말한 대로만 하고 스스로 생각하지 못하는 약점이 있었다.

하지만 자신을 둘러싼 상황을 생각하여 이런 아이디어를 낼 수 있다면 문제없을 것이다.

칭찬했는데도 내가 놀린다고 생각했는지, 타르트가 살짝 토라졌다. 그게 재미있어서 웃자 그녀는 더 삐졌다.

어떻게 수습할까? 그렇게 생각하고 있으니 노크 소리가 사고를 중단시켰다. 손님의 정체는 아람교의 부제(副祭)였다. 우리의 시중을 들어 주는 사람이었다.

"【성기사】님, 추기경들께서 부르십니다."

추기경은 아람교의 간부를 이르는 명칭으로, 교황 다음가는 자들이었다.

"바로 갈게. 디아, 타르트, 다녀오면 식사하러 가자. 신의 집에서 하는 식사는 은혜로울지도 모르지만 좀 아쉬워. 슬슬 맛있는 걸 먹고 싶어."

"아, 그거 좋다. 맛도 싱겁고, 채소뿐인걸. 짭짤한 고기를 먹고 싶어."

"그게, 저도요. 이곳 음식은 양이 부족해요."

아람교의 간부…… 추기경들과 이야기하는 건 귀찮은 일이다.

두 사람과 함께할 즐거운 식사를 위안 삼아 힘내기로 하자.

The world's
best
assassin, to
reincarnate
in a different
world
aristocrat

추기경의 부름을 받고 향한 곳은 대교회였다.

성도의 중심에 있는 아람교의 상징.

우리가 묵고 있는 숙소처럼 들어가기만 해도 평생 자랑할 수 있는 곳이었다.

관광객들은 대교회에 들어갈 수 없기에 멀리서 보거나, 이 도시에 몇 개 있는 다른 교회에서 기도를 올릴 수밖에 없었다.

그리고 언젠가 대교회에 들어가기를 꿈꾸며 덕을 쌓는다.

나를 안내해 주고 있는 자는 키가 크고 태도가 정중한 청년으로, 계급은 부제였다.

"【성기사】님, 상대하실 분들은 추기경입니다. 무례를 저지르지 않게 조심해 주십시오."

"알고 있습니다."

미소로 화답했다.

아람교의 계급은 정상에 군림하는 교황 아래에 순서대로 추기경, 총대주교, 대주교, 주교, 사제, 부제가 있었다.

성당의 신부님 같은 사람이 사제와 부제. 주교는 도시의 교회를 통솔하고, 그보다 높은 직위는 교회 전체의 의사 결정을 내리는 간부였다.

무녀인 아람 카를라는 조직도에 속하지 않았다. 상징이라서 권력이 없었다.

이번에 나를 부른 추기경들은 수장인 교황을 제외하면 최고위였다.

얼마 전까지는 그들에게 상응하는 경의를 품고 있었으나, 며칠 전에 나를 죄인이라고 규탄한 상대라고 생각하니 그 마음도 희미해졌다.

'하지만 알반 왕국의 귀족으로서 이상한 짓을 할 수도 없어.'

나는 알반 왕국의 대표로 회의에 출석한다.

본국에서 이 자리에 맞는 교섭인을 파견하겠다고 했지만, 아직 합류하지 못했다.

이건 국가의 명운을 좌우하는 의제다. 나 같은 어린애 한 명에게 맡길 수 있는 이야기도 아니었다.

가능하면 본국의 의지를 대변하는 교섭인과 미리 상의해 두고 싶었지만, 아슬아슬하게 도착할 듯했다.

내가 할 일은 그 교섭인의 안색을 살피고 장단을 맞추는 것뿐이다.

추기경이 무엇을 의뢰하든 내 의지로 판단할 수 없고, 또 판단해선 안 된다.

'최소한 교관이 옆에 있었다면 좋았을 텐데.'

책임자가 따로 있다면 마음이 편했을 것이다.

교관들은 대교회에 들어올 자격이 없다고 해서 나 혼자 이곳에 오게 되었다.

'의도적으로 못 들어오게 한 걸지도 몰라.'

자격이 없다는 것은 타당한 말처럼 들리지만, 그 이면에 아람교 측의 작위가 엿보였다.

아무리 강해도 결국 어린애다. 구슬리기 쉬울 것이고, 방해꾼은 최대한 배제하고 싶다고 생각한 것이다.

아마 회의장에서도 교섭인이 아니라 나를 노려서 실언을 유도하고 언질을 받으려 할 것이다.

상대가 추기경이니 쉽지 않으리라. 큰 종교 단체는 일류 상인의 모임이다. 그 안에서 위로 오르려면 정치적 수완, 첩보, 인맥, 돈이 필요하다. 높은 덕이나 신앙 같은 것은 출세와 관계없다.

거대 종교에서 추기경까지 오른 녀석들은 요괴나 다름없다.

연결 복도에서 낯익은 얼굴과 합류했다.

"고생했네, 루그 군. 내가 왔으니 이제 안심해도 돼."

비인간적으로 아름다운 외모. 본인의 머리카락과 똑같은 고귀한 보라색을 중심으로 치장하고 그것을 훌륭하게 소화하는 미장부.

최고봉의 인간을 목표로 수백 년에 걸쳐 우량종을 짝지어서 품종 개량을 시행한 일족의 수장. 4대 공작가의 가주 중 한 명인 로마룽그 공작이 눈앞에 있었다.

"오랜만입니다, 로마룽그 공작님."

"그런 일이 있었는데 건강해 보여서 다행이야. 자네에게 무슨 일이 생기면 투아하데 남작을 볼 낯이 없어."

"그렇게 생각하신다면 처형 소동이 일어났을 때 도와주셨으면 좋았을 텐데요. 공작님의 정보망이라면 제가 이곳으로 소환되기 전에 대략적인 상황을 파악하고 계셨을 텐데."

나는 지금까지 이룬 마족 토벌의 공적을 치하받기 위해 성도에 왔다. 하지만 그건 명목이었고 진짜 목적은 여신의 말을 사칭했다는 죄로 처형하는 것이었다.

그렇게 처형당하기 직전까지 몰려서 단두대 앞에 세워졌었다.

"그래, 맞네. 정보를 쥐고 있었지. 하지만 그건 자네도 마찬가지 아닌가? 내게 말을 전할 네반이라는 연줄이 있었는데도 부탁하지 않았어. 오히려 함정이라는 걸 알면서도 기꺼이 돌격했지. ……그렇다면 자네는 내 힘을 빌리지 않아도 스스로 해결할 수 있다고 판단해야 하지 않겠나? 실제로 자네는 자력으로 궁지에서 벗어났어."

아무렇지도 않게 엄청난 말을 했다.

나는 소국 정도는 살 수 있을 만한 돈을 들여서 통신망을 구축했고, 그렇기에 정보를 물리적으로 운반하는 이 시대에서 상상도 못 할 속도로 정보를 모을 수 있었다.

하지만 로마룽그 공작은 그런 편법을 쓰지 않고서도 동등한 정보 수집 능력을 가지고 있었다.

역시 이 남자는 적으로 돌리고 싶지 않다.

고맙게도 이번에는 같은 편이라서 이보다 더 믿음직스러운 남자가 없었다.

"공작님이 오셔서 다행입니다. 전부 맡길 수 있겠어요."

"응, 그러도록 하게. 자네는 우수하지만 어디까지나 현장에서 뛰는 사람이야. 국정을 논하기엔 아직 일러."

그건 사실이다.

통신망을 포함해서 온갖 수단으로 정보를 모으고 분석함으로써 현재 상황은 파악할 수 있다.

하지만 알반 왕국이 그리는 미래와 전략은 내부자만 알 수 있다.

시점에 따라 정답은 달라진다. 현장 시점에서 봤을 때는 옳은 것도 대국적으로 보면 틀릴 때가 많다.

"네, 회의에서는 발목을 잡지 않는 것만을 생각하겠습니다."

"역시 자네는 좋아. 꼭 네반을 임신시켜 줬으면 좋겠군. 자네의 씨라면 최고의 로마룽그를 만들어 낼 수 있을 거야. 마침내 우리 일족의 숙원인 인류의 최고 걸작에 도달할지도 몰라."

"그 얘기는 다음 기회에 하죠. 도착한 것 같습니다."

요괴들이 기다리는 회의실에 도착했다.

자, 대체 무슨 말을 꺼낼까.

◇

회의실…… 아무래도 아람교에서 부르는 이름은 따로 있는 것 같지만, 안내해 준 부제는 우리가 이해하기 쉽도록 그저 회의실이라고 했다.

그 안을 보고 감탄했다.

'인간의 심리를 이용했어. 과학적인 근거에 기초한 설계야.'

인간이 얻는 정보의 90%는 시각 정보다.

그렇기에 시각을 조종하면 마음을 조종할 수 있다.

이 방은 보는 이가 경외심을 품도록 최적의 계산이 이루어져 있었다.

테이블 하나만 봐도 그 형상, 배치, 테이블을 비추는 조명의 색조와 밝기까지. 모든 것이 합리적이었다.

놀라웠다. 심리학이라는 학문은 이 세계에 없을 텐데. 아마 시행착오만으로 이 형상에 도달했을 것이다. 어마어마한 축적과 집념이 느껴졌다.

단순히 여신의 목소리를 들을 수 있는 소녀를 수중에 뒀기에 세계 종교가 된 것이 아니라, 그 무기를 능숙하게 구사하여 성장했다는 것을 실감했다.

자리에 앉아 있는 아람교 측 인물은 일곱 명. 전원 추기경이었다.

이들 모두가 여러 나라의 종교 분야를 전부 장악하고, 각 나라에 있는 교회와 신자들을 뜻대로 움직일 수 있는 사람들이었다.

알반 왕국이 대국이긴 해도, 아람교 입장에서 우리는 고작 일국의 귀족에 불과하다. 자신들이 더 우위라고 여기는 것이…… 시선과 태도로 전해졌다.

"【성기사】루그 투아하데. 이번 일은 훌륭했네."

……그러한 입장 차이는 이해하고 있지만, 그런 실책을 범했으면서도 으스대는 것은 기가 막혔다.

"감사합니다."

태클을 속으로 삭이며 인사하고, 허드렛일을 맡은 부제가 안내하는 대로 자리에 앉았다.

"로마룽그 공작도 멀리서 오느라 수고했네. 앉게."

로마룽그 공작은 미소 지은 채 한마디도 하지 않고 자리에 앉았다.

"마족의 이번 습격. 아무것도 모르는 자가 본다면 우리 아람교의 실책으로 보이겠지. 교황으로 둔갑한 마족을 치기 위해 일부러 한 식구조차 속인 것이었거늘…… 개탄스러운 일이야."

추기경들의 시선이 내게 집중되었다.

그것만으로도 그들의 의도가 전해졌다.

이들은 내게 말을 맞추라고 부탁하고 있는 게 아니었다.

사실이 그렇다고 말하고 있었다.

비슷해 보이지만 다르다.

거짓말하라는 것과 거짓을 사실로 만들라는 것은, 대응을 포함해서 모든 것이 다르다. 자, 어떻게 대답하면 좋을까…….

로마룽그 공작은 그저 웃으며 내게 조용히 있으라는 신호를 보냈다.

알반 왕국의 귀족은 독자적인 사인을 교양으로 익힌다. 타국에서 돌발적으로 비밀스러운 의사소통이 필요할 때를 대비한 교육이었다.

'호오, 그런 건가.'

나는 지시대로 미소 짓고 그저 가만히 들었다.

그러자 추기경의 무뚝뚝한 얼굴이 조금 일그러졌다.

"자네도 알다시피 우리는 교주가 마족으로 바뀌었음을 눈치채고 있었네. 하지만 그것을 지적했다면 마족이 정체를 드러내서 성도가 불바다가 되었겠지……. 마족을 해치울 수 있는 사람은 용사와【성기사】인 자네뿐이야. 도움을 청하려고 해도 그 움직임을 교황이 알아차린다면 역시 성도는 불바다. 무고한 백성들이 목숨을 잃어. 그렇기에 자네를 처형한다는 명목으로 소환할 수밖에 없었네. 마족을 여러 번 물리친 자네를 처형한다고 하면 교황으로 둔갑한 마족은 기꺼이 협력할 테니까. 방해꾼을 없앨 수 있다면서."

조용히 있으라는 사인은 여전히 계속되고 있었다.

잠자코 그 지시를 따랐다.

"우리는 지금까지 여러 마족을 쓰러뜨린 자네를 높이 평가하고 있네. 그런 자네에게 한때나마 죄를 뒤집어씌우고 규탄하는 것은 마음이 아팠어. 하지만 그러지 않으면 그 마족을 속일 수 없었네!"

연기가 열기를 띠었다.

역시 전문가는 다르다. 사람의 마음에 호소하는 기술이 뛰어났다.

완전히 자신을 속이고 있었다. 이 정도면 거짓말하고 있다는 자각조차 없을 것이다.

"그리고 자네는 우리의 기대에 훌륭히 부응해 줬네. 역시 우리가【성인(聖人)】이라고 인정할 만해! 자네가 역사상 여덟 번째【성인】이 된 것을 알려야겠지. 그러기 위해서도 이번 일의 자초지종을 올바르게 퍼뜨려야 해. 물론 협력해 주겠지?"

그리고 거짓을 사실이라고 단언하면서 미끼를 던졌다.

교회가 인정한【성인】이 되면, 직접적인 권한은 없어도 아람교가

주교인 나라에서 온갖 일을 할 수 있다.

그야말로 신의 현신으로 취급된다.

그건 어떤 금은보화보다 가치 있는 일이다. 소국의 왕보다 훨씬 발언력이 있다.

……뭐, 그런 것에는 관심 없지만. 그런 것은 재앙을 세트로 가져와서 귀찮은 일이 벌어진다.

시선은 주지 않고 로마룽그 공작을 시야에 담았다. 새로운 사인이 나왔다.

동의하라는 사인이었다.

"알겠습니다. 그럼 지시대로 움직이겠습니다."

"음, 이해해 줬는가. 자네의【성인】인정식은 화려하게 치르지. 이웃 나라들의 귀족, 교회 관계자, 상회에 말해서 큰 축제를 열 것이네. 일주일 뒤라서 시간은 없지만, 전례 없는 화려한 행사가 되겠지. 전부 자네를 위한 일이야."

뻔뻔하기도 하지.

전부 아람교를 위한 일이다.

스캔들을 덮기 위해, 부자연스러움을 사람들이 알아차리지 못하도록 하려는 눈속임.

아마 이 계획은 잘 풀릴 거다.

마족 토벌은 민중의 비원이다. 그걸 이룩한 나를【성인】으로 인정한다는 뉴스는 너무나도 눈부시다.

"자네는 이런 경험이 별로 없지. 우리 쪽에서 자네가 해야 할 말을 준비했네. 인정식 때 토씨 하나 빠뜨리지 말고 이걸 읽게."

부제가 두꺼운 대본을 건네줬다.

내용을 속독해 보니 철두철미하게 아람교를 위해 만들어진 대본이었다. 그래도 내 쪽에서 불만이 나오지 않도록 내가 불리해질 내용이 없는 것은 양심적이라고 할 수 있었다.

"이로써 회의는 끝이네. 잘 부탁하네."

⋯⋯너무 허탈한데.

그렇게 생각했을 때, 로마룽그 공작이 손을 들었다.

"우리 알반 왕국은 루그 군이 협력하는 데 동의합니다. 하지만 공짜로 부탁을 들어드릴 수는 없죠. 여러분을 위해 위험을 감수하고서 거짓말하는 것이니 상응하는 대가를 받고 싶습니다."

그렇게 말하고, 공작은 가방에서 인원수만큼 자료를 꺼내 나눠줬다.

내용을 보고 나는 쓴웃음을 지을 뻔했다.

아슬아슬했다.

교회의 권력으로 할 수 있으면서 알반 왕국에 이익이 될 조건이 조목조목 적혀 있었다.

교회가 인정하기엔 어려운 조건이지만⋯⋯ 여기서 다툴 걸 생각하면 받아들이지 못할 것도 없는, 그런 절묘한 라인으로 설정되어 있었다.

"거짓말이라니?"

"말 그대로입니다. 여러분은 마족에게 놀아났습니다. 그걸 루그 군의 재치로 극복한 것에 불과하죠. 여러분이 만든 이야기를 대중에게 말하는 것은 좋지만, 알반 왕국과 아람교 사이에서 진실은 확실하게 진실로 남겨 둬야 하지 않겠습니까."

로마룽그 공작의 웃는 얼굴은 비인간적으로 아름다웠다.

그런데도 보고 있으면 전부 간파당하는 기분이 들어서 마음이 얼어붙었다.

"거짓말이고 자시고 전부 사실이야."

"여러분은 허술해요. 마족에게 놀아날 때, 저마다 교황에게 생색 내려고 암약하지 않았습니까? 공을 올리기 급급해서, 앞서 말한 이야기와 상이한 증거가 이렇게나 나왔습니다. 이걸 알아챈 건 우리 알반 왕국만이 아닙니다."

로마룽그 공작이 추가 자료를 꺼냈다.

난 그걸 보고 깜짝 놀랐다.

……오르나가 모은 정보를 바탕으로 만들어진 자료였다. 게다가 요점을 정리한 방식과 자료를 만든 버릇을 보면 이 자료를 만든 사람은 틀림없이 마하다.

네반이 통신망과 그 관리 책임자인 마하에 관해 이야기했나?

아니, 네반의 성격을 생각하면 그럴 리 없다.

네반이 말하지 않겠다고 약속한 이상, 통신망의 존재와 관리자인 마하에 관해서는 절대 발설하지 않는다.

그럼 로마룽그 공작은 자력으로 통신망을 알아차리고 마하라는 정보망의 급소를 알아낸 건가?

순간적으로 동요해서 내 포커페이스에 금이 갈 뻔했다.

괴물이라고 생각했지만, 이 정도일 줄이야.

공작을 괴물이라고 생각한 사람은 나뿐만이 아니었다. 로마룽그 공작이 준비한 자료를 보고 추기경들이 창백해졌다.

로마룽그 공작은 거기에 추격타를 가했다.

"이해하셨겠죠? 이게 만에 하나라도 겉으로 드러나면 안 되겠죠? 특히 루그 군이 모처럼 구해 낸 아람 카를라를 암살하라고 의뢰한 것. 교황의 환심을 사는 데 열중한 나머지 은폐가 허술했어요. 의뢰인이 여러분이라는 것을 간단히 알 수 있었죠. 아람교는 세계 종교입니다. 하지만 성가시다고 느끼는 나라도 있습니다. 이런 정보가 나돌면 곤란하겠죠?"

"무례하다! 고작 일국의 귀족 주제에 우리를 협박하는 건가! 우리가 마음만 먹으면 알반 왕국 따위 사흘 만에 없앨 수 있어!"

성인의 가면이 벗겨지고 권력에 홀린 소인배가 모습을 드러냈다.

하지만 문제는 알반 왕국을 없앨 수 있다는 말이 엄연한 사실이라는 점이었다. 아람교는 대부분의 대국을 움직일 수 있으니까.

"아뇨, 우리 알반 왕국은 협력하겠다고 말씀드리고 있는 겁니다. 여러분의 거짓말을 퍼뜨리는 데 협력하고, 여러분이 저지른 조잡한 사건의 증거를 말소할 겁니다. 단언할 수 있습니다. 저희가 협력하지 않으면 누설할 것도 없이 여러분이 만든 이야기는 파탄 나겠죠. 인정합시다. 거짓말이라고."

알반 왕국은 왜 거짓말임을 인정받으려 하는가. 아람교에 빚을 지울 수 있기 때문이다.

사실을 퍼뜨릴 뿐이라면 빚이 되지 않는다.

하지만 거짓말에 협력하는 것이 되면 이쪽도 상응하는 위험을 지므로 큰 빚이 되고 약점까지 잡을 수 있다.

아람교에 빚을 지우고 약점을 쥐는 것. 그 가치는 이루 헤아릴 수 없다.

위험한 교섭이다. 너무 몰아붙이면 아람교가 알반 왕국을 적으로 인식한다.

줄타기 교섭.

로마룽그 공작은 지금 사용한 카드로 줄을 건널 수 있다고 확신하고 있지만, 나는 할 수 없는 일이었다.

이렇게 궁지로 몰 수는 있을 것이다. 어쨌든 공작이 이용한 정보를 모은 사람은 내 부하인 마하니까. 하지만 이런 승부에 나설 배짱은 없고, 이길 거라는 확신을 얻을 수 있을 리가 없다.

길고 긴 침묵이 흐른 후, 추기경이 버석하게 마른 목에서 목소리를 짜냈다.

"알겠네. 조건을 받아들이지. 우리의 각본에 협력해 주게."

거짓말이라고 하지 않은 것은 추기경의 오기였다.

하지만 이 교섭은 완전히 로마룽그 공작의 승리라고 할 수 있었다.

공작은 무사히 줄을 건넌 것이다.

"감사합니다. 아람교와 알반 왕국, 쌍방의 번영을 위해 힘을 다하겠습니다."

악마가 웃었다.

'한 방 먹었어.'

회의가 끝나면 공작과 얘기해야겠다. 마하의 존재를 안 공작이
그 카드를 어떻게 쓸지. 그걸 알아야 한다.

Episode2

제2화 ── 암살자는 이매망량에게 도전한다

The world's
best
assassin, to
reincarnate
in a different
world
aristocrat

회의를 끝내고 대교회에서 나왔다.

그리고 로마룽그 공작이 자주 가는 가게에 가게 되었다.

식사하기로 약속하고 나왔으니 너무 늦지 않게 돌아가고 싶지만, 공작가— 그것도 4대 공작가를 함부로 대할 수는 없고, 마하 건도 있었다.

안내받아 간 곳은 별실이 있는 점을 제외하면 평범한 카페였다.

"이 가게의 주인이 알반 왕국 출신이거든. 이것저것 편의를 봐준다네."

업무 관계로 이곳에 자주 오는 것 같았다.

밀담하기에는 딱 좋았다.

우리 다음에 들어온 손님이 만석이라는 말을 듣고 따졌다. 굉장히 험악했다.

"저렇게 대응해 줘서 이 가게를 고르신 거군요."

"맞아. 별로 들려주고 싶지 않은 얘기도 할 거니까."

소란을 피우고 있는 손님은 대교회에서 나

37

온 뒤로 줄곧 우리를 미행했다.

십중팔구 아람교의 수하일 것이다.

우리를 그다지 믿지 않는 모양이다.

아람교의 이름을 대면 억지로 들어올 수도 있겠지만, 제 딴에 정체를 숨길 생각은 있는지라 그러지도 못했다.

그런 이들을 흘낏 보고서 안쪽 룸으로 안내받았다.

"수고하셨어요, 루그 님."

"이번에 폐를 끼쳤습니다."

선객이 있었다. 한 명은 예상했던 사람이었고, 다른 한 명은 의외의 인물이었다.

로마룽그 공작의 딸, 로마룽그의 최고 걸작, 네반. 그리고 아람교의 상징, 아람 카를라.

아람 카를라는 여신의 모습을 흉내 내기 위한 화장을 지우고 가발도 쓰지 않아서 흔히 볼 수 있는 마을 처녀 같았다.

"지금은 로마룽그 공작가가 아람 카를라를 보호하고 있었지?"

"정확히는 알반 왕국의 대사관에서 보호하고 있죠."

목숨을 위협받던 아람 카를라를 내가 구했다.

그래서 아람 카를라에게 더는 위험이 없는지 철저히 살핀 다음에 원래 있던 곳으로 돌려보내기로 했다.

이건 알반 왕국 측에서 제안한 일이었다.

대체 어떻게 그런 조건을 받아들이게 한 건지……. 안 보이는 곳에서 상당히 치열한 싸움이 있었을 것이다.

"아람 카를라, 건강해 보여서 다행이야."

"루그 님도 다치지 않으셔서 다행이에요."

아람 카를라가 괜찮을지 걱정했는데, 네반이 잘 챙겨 주고 있었다.

"흥, 제 걱정은 안 하셨나요?"

"네반은 무슨 일이 벌어지든 스스로 타개할 수 있잖아."

동년배 중에서는 틀림없이 내가 만난 사람 중에서 최강의 존재다.

두뇌가 명석하고 신체 능력이 높으며…… 머리가 좋다. 머리가 좋다는 건 계산 능력이나 기억력을 말하는 게 아니라, 요령이 좋아서 올바른 행동을 할 수 있다는 의미다.

이 나이에 이 완성도라니 무시무시하다. 전생자가 아닌지 의심하게 된다.

"아무튼, 왜 이 두 사람을 부르신 겁니까?"

나는 로마룽그 공작에게 물었다.

"딸의 사랑을 응원하기 위해서란 이유로는 납득이 안 가는가?"

공작은 실없이 말했다.

농담이지만, 절반 이상 진심이기도 할 것이다.

로마룽그 공작의 목적은 최고의 인류를 만들어 내는 것. 우수한 피를 들이는 데 심혈을 기울인다.

그리고 아빠와 딸이 모두 나를 높이 사고 있었다.

"안타깝게도 그게 다일 것 같지는 않아서요."

"음, 그렇지. 별건 아니고. 아람 카를라에게 부탁하고 싶은 일이 있는데, 내용이 내용인지라 자네가 있는 편이 좋아서 말이야. 딸은

호위 역할이네."

네반은 알반 왕국 공주의 대역이기도 하다.

그렇기에 아람 카를라와도 면식이 있어서 친구라고 할 수 있는 관계였다.

그 덕분에 누구보다도 빨리 아람 카를라의 궁지를 알 수 있었다. 네반만큼 호위에 적합한 존재는 없다.

"루그 님께는 무척 깊이 감사하고 있어요……. 그리고 이 세계에서 유일한 동료이니 무슨 일이든 협력하겠어요."

로마룽그 공작이 입꼬리를 올렸다.

"동료…… 여신의 목소리를 들을 수 있는 동지라는 거군. 놀랐어. 루그 군이 그렇게 말한 건 마족을 죽일 수 있게 만드는 마법을 퍼뜨리기 위한 방편인 줄 알았는데."

무섭게도 그건 맞는 말이었다.

나는 여신의 목소리를 들을 수 있지만, 여신은 【마족 살해】 술식에 관여하지 않았다.

편리하기에 여신을 이용했을 뿐이다.

"저도 여신의 목소리를 들을 수 있는 건 정말입니다."

이 말을 들은 네반이 미소 짓고서 입을 열었다.

"들을 수 있는 건 틀림없겠죠. 하지만 루그 님이 여신에게 들은 모든 것을 공표하고 있는지, 혹은 루그 님이 전한 여신의 말이 전부 진실인지는 알 수 없어요."

부친도 그렇지만 딸도 예리했다.

일부러 오해하도록 유도하는 것을 간파했다.

"저는 여신에게 들은 말을 전하고 있다고 말할 수밖에 없습니다. 그보다 로마룽그 공작님. 아람 카를라 님에게 부탁할 게 있다고 하시지 않았습니까?"

"아아, 그랬지. 그럼 아람 카를라 님. 알반 왕국의 공작으로서, 그리고 루그 군의 친구로서 당신께 부탁하고 싶습니다. 어느 때든 루그 군의 발언을 긍정해 줬으면 합니다. 상황에 따라서 앞으로 아람교는 적이 될 수도 있습니다. 그래도 당신이 아군으로 있다면 루그 군이 정의가 됩니다."

아람 카를라는 단순한 상징이라 권한은 없다.

여신의 목소리를 들을 수 있는 사람은 아람 카를라와 나뿐이지만, 그렇다고 이 소녀만이 아람 카를라가 될 수 있는 것은 아니다.

신의 목소리를 정말로 들을 필요는 없다. 아람교에 유리한 내용을 여신의 말이라고 속여서 말할 꼭두각시가 있으면 그만이니까.

얼마 전에는 그러기 직전까지 갔었다. 하지만 그게 오히려 현 아람 카를라의 입장을 확고하게 다졌다.

마족이 가짜를 준비했었다는 사실이 알려져서 다시 가짜를 준비하기 어려워졌기 때문이다.

가짜가 준비됐던 것이 엊그제인데 바로 또 아람 카를라가 행방불명되어 새로운 아람 카를라가 태어나면, 대체 누가 그 말을 믿겠는가?

이 상황에서 아람 카를라를 대체할 자는 없어서, 이 소녀를 같은 편으로 두는 것은 큰 무기가 된다.

"물론이죠. 약속하겠어요."

아람 카를라가 내 손을 꼭 잡고, 내 눈을 똑바로 보며 고개를 끄덕였다.

그걸 본 로마룽그 공작이 쓴웃음을 지었다.

"루그 군은 인기가 많군. 내 딸에 이어 아람교의 무녀까지 사랑에 빠지게 하다니."

"사, 사랑이라니요. 루그 님을 향한 제 마음은 그, 그런 게 아니라, 은인에 대한 감사와 존경이에요."

그녀는 허둥지둥 부정했지만, 매우 알기 쉬웠다.

오로지 아람 카를라로 계속 있기 위해서 살아왔기에 그런 감정과는 연이 없었을 것이다.

나는 도와주기로 했다.

"로마룽그 공작님, 아람 카를라 님에게 실례입니다. 제 신분으로는 아람 카를라 님에게 어울리지 않죠."

아람 카를라가 안도한 것 같으면서도 아쉬워하는 복잡한 표정을 지었다.

나는 아람 카를라의 마음을 눈치채지 못한 척했다.

내가 아람 카를라를 받아들일 일은 없고, 거절해서 상처 입은 아람 카를라가 협력해 주지 않는 일은 피하고 싶었다.

그 정도는 로마룽그 공작도 알고 있을 텐데 굳이 들쑤시다니, 무슨 생각이지?

"라이벌이 줄어서 다행이에요. 저는 진심이니까, 약혼하는 거, 제대로 생각해 주세요."

"그 일에 관해서는 이전에 말씀드린 대로입니다."

"매정하시네요."

물론 나쁜 얘기는 아니다.

네반은 나를 좋아하는 게 아니라 단순히 강한 피를 원할 뿐이다. 그 의무를 다한다면 뭘 하든 상관없고, 투아하데로서 대가를 요구하면 상응하는 값을 치러서 투아하데는 더욱 번영할 것이다.

그렇더라도 받아들일 마음은 없었다. 디아와 약혼녀들을 사랑하기 때문이다.

"그럼 볼일은 끝났으니. 다과를 즐기기로 하지."

공작이 손가락을 딱 튕기자 웨이터들이 다과를 들고 나타났다.

본 적이 있는 얼굴이었다. 로마룽그 공작가의 성에 있었을 터다.

알반 왕국 출신이 운영하는 가게라더니……. 이 가게는 로마룽그 공작가에 속해 있었다.

"네, 그러죠. 루그 님도 괜찮으시죠?"

"물론 괜찮습니다. 저도 묻고 싶은 일이 있고."

내가 이곳까지 따라온 또 다른 이유.

아까 있었던 회의에서 왜 로마룽그 공작이 마하가 만든 자료를 가지고 있었는지 캐물어야 했다.

"응, 좋네. 마하 양에 관한 거겠지. 참 괜찮은 아가씨더군. 네반이 남자였다면 집안에 들이고 싶었을 거야."

역시 마하를 알아차렸나.

"마하가 제 정보망의 중핵이라는 걸 어떻게 아셨습니까?"

정보망을 눈치채는 것 자체는 예상한 일이다.

하지만 그 관리인에 도달할 줄은 몰랐다.

"자네가 그 아가씨에게 너무 걱정을 끼친 탓이려나. 그 아가씨는 평소엔 완벽하게 자취를 감추지만, 일단 자네가 위험해지면 자네를 구하려고 과하게 힘을 내. 흔적을 완벽히 지우지 못할 만큼 말이야……. 우리 첩보부는 그걸 놓치지 않아. 그게 다라네. 뭐, 걱정하지 않아도 돼. 로마룽그가 아니라면 눈치채지 못할 수준이니까."

간단히 말한다.

확실히 마하는 나와 관련된 일에는 무리를 한다. 그러나 흔적을 남기는 짓은 안 한다.

하지만 상대가 로마룽그 공작이라면 이야기가 다르다. 흔적이라고 할 수도 없는 사소한 잔향을 알아차리고 거기서 부족한 것을 채워 나간다.

"그걸 아셨으니 이제 어쩌실 거죠? 제게 뭘 요구하실 겁니까?"

마하는 대체할 사람이 없어서 쉽사리 움직일 수 없다.

내 자금과 정보의 심장. 마하를 지키기 위해서라면 어떤 대가든 치르겠다.

"없네. 약점을 잡았다는 생각조차 안 해. 자네를 괴롭혀서 힘을 죽이는 건 국익에 반하는 일이지. 로마룽그 공작가는 최고의 인류를 만드는 것을 지상으로 여기지만, 알반 왕국의 귀족이라는 자각은 있네. 그런 짓은 안 해."

아무것도 요구하지 않는다고—?

오히려 그게 무섭다.

언제든 나를 궁지로 몰 수 있는 상태니까.

"아, 그렇지. 굳이 말하자면 부탁이 하나 있네."

"……말씀하시죠."

"곤란한 일이 생겼을 때, 자네들의 그 통신망이라는 것, 도시에서 도시로 순식간에 정보를 전하는 그것을 이용하고 싶네. 딱 한 번이면 돼. 그건 굉장하더군. 이번에 회의에서 사용한 자료. 우리도 그만한 자료는 만들지 못했어. 마하라는 아이에게는 고마워하고 있어. 덕분에 살았네."

그 조건은 얼핏 듣기엔 별것 아닌 일처럼 들리지만, 상당히 부담스러운 조건이었다.

"알겠습니다. 도시에 배치한 첩보원의 정보를 알려 드리겠습니다."

언제든 통신망을 쓰고 싶다는 것은 도시에서 통신망을 운용하는 첩보원의 정보를 내놓으라는 말이었다.

통신망을 구축하는 교환기가 어디 있는지 가르쳐 줄 수는 없고, 교환기에 접속하기 위한 통신 단말을 넘겨줄 수도 없으니까. 그러니 통신 단말을 다루는 사람 쪽을 알려 줄 수밖에 없었다.

"미안하군."

"신경 쓰지 마십시오. 하지만 저희의 통신망을 이용하실 때는 조심하시길. 통신망을 사용하는 모든 자가 그 이야기를 듣는다고 생각하셔야 합니다."

"응, 그것도 들었네."

마지막에 거짓말을 보냈다.

마하도 똑같은 거짓말을 한 듯했다.

통신망은 채널을 바꿔서 정보를 듣는 상대를 제한할 수 있다. 그 점은 숨겼다.

"루그 군의 통신망, 숨기기엔 아깝다는 생각이 드는데. 그건 세계가 바뀔 발명이야."

"그렇겠죠. 정보를 물리적으로 운반하는 건 너무 무거운 제약이에요. 그게 세상의 발전을 방해하고 있어요."

"그 기술, 공표해 버리는 게 어떤가?"

나는 조용히 고개를 가로저었다.

"그건 세계를 너무 바꿀 겁니다. 그런 기술을 공개하면 좋게도 나쁘게도 세상이 뒤집혀요. 지금의 안정을 잃게 돼요."

내가 그렇게 말하자 로마룽그 공작은 예의 그 얼음 같은 미소를 지으며 작위적으로 박수를 쳤다.

"아아, 역시 자네는 좋아. 똑똑해. 다행이야. 정말 다행이야. 여기서 만약 자네가 그런 폭탄을 세상에 내놓겠다고 했다면…… 나는 나라를 지키는 자로서 자네를 죽여야만 했을 거야."

"농담……은 아니겠죠."

"물론 아니지. 자네니까 공표하지 않을 거라는 말을 믿는 거야. 다른 사람이었다면 묻지도 따지지도 않고 죽여서 어둠 속에 매장했겠지."

나는 건조한 미소를 가면처럼 쓰고서 차로 목을 축였다.

그리고 네반의 마음은 더더욱 받아들일 수 없다고 느꼈다.

이 사람이 장인어른이 되는 건 사양이다. 그런 생활은 버틸 수 없을 거다.

이제까지 그랬듯 앞으로도, 적으로 돌리지 않으면서 너무 가까이 하지도 않는 그런 거리를 유지하기로 하자.

제
3
화
—
암
살
자
는
추
대
받
는
다

The world's
best
assassin, to
reincarnate
in a different
world
aristocrat

그 후 곧장 숙소로 돌아가 디아와 타르트를 데리고 나왔다.

여전히 감시가 붙어 있었다.

좀 더 미행을 잘하는 사람을 붙여 줬으면 d 어땠을까, 하는 생각이 들었다.

"되게 지친 얼굴이네. 늘 태연한 루그답지 않아."

"정신적으로 상당히 힘들었어."

"추기경인걸. 어쩔 수 없어. 그 사람들을 부를 때는 예하라고 하지?"

예하라는 말, 한 번도 안 썼다.

그리고 앞으로도 절대 안 쓸 거다.

"그쪽은 그래도 어떻게든 됐는데, 로마룽그 공작과 얘기하느라 지쳤어……. 그 얘기는 나중에 할게."

통신망을 들킨 것은 나 혼자만의 문제가 아니다.

자칫 잘못하면 첩보원이 습격받아 통신망을 강탈당할 가능성도 있다.

팀원 모두가 사정을 알아 둬야 했다.

"나는 면식이 없지만, 뭔가 굉장할 것 같단 말이지. 그 아이의 아빠고."

"네반 씨가 성장한 모습, 상상만 해도 무서워요."

네반을 아는 디아와 타르트가 쓴웃음을 지었다.

두 사람은 네반을 좀 어려워하는 구석이 있었다.

"그 일은 잊자. 마침내 순수하게 성도를 즐기게 됐으니까."

성도는 말하자면 세계 제일의 관광 도시다.

전 세계에서 신도가 모인다.

신도는 돈을 쓰고, 그 돈을 노리고서 온갖 상회가 가게를 내려고 했다.

경쟁이 치열한 도시일수록 가게의 질은 좋아진다.

게다가 신도도 성도에 오는 김에 지방에서 다양한 명물을 가져와 팔고 돈으로 바꿨다.

전 세계의 명물이 가게에 진열되는 것도 필연이라고 할 수 있었다.

덕분에 유통이 유리한 해안 도시 무르테우보다도 국제색이 짙어서 이렇게 가게를 구경하며 걷기만 해도 즐거웠다.

"굉장히 활기차네. 마족의 습격이 있었다는 생각이 안 들어."

"피해는 적었으니까. 직접 공격하는 마족이 아니라서 다행이었지."

"그렇죠. 이전에 싸운 커다란 애벌레 같은 마족이었다면 도시가 통째로 가라앉았을 거예요."

"그렇게 되면 성도가 괴멸해서 전 세계가 패닉에 빠졌겠지."

세계 종교와 성지가 소멸하면 난리가 난다.

"비켜, 비켜!"

뒤에서 마차가 맹렬한 속도로 돌진해 와서 피했다.

마차는 좁은 길을 아슬아슬하게 달려갔다.

"우와, 난폭하네."

"오늘은 마차가 아주 많아요."

이 정도로 난폭하게 운전하는 자는 많지 않지만, 엄청난 수의 마차가 거리를 오가고 있었고, 매우 급한지 다들 운전이 거칠었다.

"갑자기 일주일 뒤에 축제를 개최한다고 하니까…… 다들 준비하느라 정신이 없는 거야."

보통은 이렇게 갑자기 축제를 개최한다고 해도 손님이 모이지 않고, 상회도 무리라고 딱 잘라 거절한다.

그러나 아람교가 말했다면 얘기가 다르다.

역사상 여덟 번째 【성인】의 탄생, 심지어 그게 최근 마족을 쓰러뜨려 유명해진 【성기사】라면 무리라도 한다.

그러던 중, 시선이 느껴졌다.

정확히 말하자면, 거리를 걷는 중에 줄곧 느껴졌었다.

"아까부터 사람들이 날 보고 있지 않아?"

"보고 있어."

"보고 있어요."

두 사람은 별일 아니라는 것처럼 말했다.

"왜지?"

"그야 당연히 교주로 둔갑했던 마족을 해치웠으니까 그렇지."

"그건 그렇지만, 그게 나라는 걸 어떻게 아는 거야?"

처형대에 서면서 모습은 노출했다.

하지만 이 도시에 있는 극히 일부의 인간만 봤을 터다. 그런데 다들 나를 아는 것 같았다.

전생에는 텔레비전 뉴스나 신문으로 정보가 시각적으로 퍼졌지만, 이쪽 세계에서 얼굴이 알려지는 일은 극히 드물었다.

카메라는 아직 매우 고가였고, 크기가 크고 자리를 차지해서 도시에 하나 있을까 말까 했다. 그것도 가게에서나 쓰였다.

다른 사람에게 생김새를 전해 들었다고 해도 본인인지는 알 수 없을 터다.

"요 며칠 항상 어딘가에 불려 다녔던 루그와 달리, 나랑 타르트는 거리에 꽤 나왔었어."

"그런데?"

"그래서 거리에서 무슨 일이 일어나고 있는지도 알아. 봐 봐."

디아가 손을 잡아끌었다.

그렇게 데려간 곳은 잡화점이었다. 가게 앞에 책이 진열되어 있었다. 인쇄기가 보급되기 시작했지만, 아직 책은 고가인데 희한한 일이었다.

"이건 뭐야……?"

그 표지를 보고 깜짝 놀랐다.

표지에는 추기경 중에서도 중심인물이었던 남자와 아람 카를라, 그리고…… 내가 그려져 있었다.

실력 있는 화가가 원화를 그린 탓인지, 매우 미화되어 있긴 해도 특징을 확실하게 포착해서 표지의 인물이 나라는 것을 확실하게 인식할 수 있었다.

"오오, 【성기사】님! 우리 가게에 잘 왔어. 사인해 줘! 이쪽에 클로즈업한 게 있어."

극성맞은 점주에게 붙잡혀 가게 안쪽으로 가니 조금 전에 본 표지를 더 크게 찍어 낸 것이 있었다.

원화를 판화로 찍었지만 실력이 안 좋았는지 표지보다도 질이 떨어졌다. 그래도 역시 나라는 걸 알 수 있었다.

"이건 또 뭐야."

"아아, 교회가 발행한 책이야. 【성도, 마족 토벌의 진실 ~신조차 속이리라~】라는 제목인데 엄청나게 잘 팔리고 있지. 심지어 한 권 팔때마다 교회에서 보상금을 줘. 그러니 팔고, 팔고, 마구 팔아야지."

"책 내용을 봐도 될까?"

"사인해 주면."

나는 클로즈업한 그림에 사인을 휘갈기고 책 내용을 확인했다.

머리가 아파졌다.

교회가 준비한 시나리오가 더 로맨틱하고 영웅적으로 각색되어 있었다.

오늘 회의에 나왔던 추기경 전원이 각각 활약하는 장면이 있었고, 내가 매우 느끼했다.

심지어 아람 카를라와의 로맨스까지.

역시나 가장 멋진 부분은 예의 그 추기경이 가져갔다.

마침내 궁지에 몰린 마족에게 추기경이 『전부 네놈을 방심시키기 위한 연극이었다. 신과 백성을 지키기 위해 신조차 속일 것이다』라고 말하고 있었다.

아아, 이 장면과 제목을 링크시킨 건가.

하지만 실제로 마족이 정체를 드러냈을 때, 그 추기경이 주저앉아서 실금했던 것을 나는 확실하게 기억한다.

"이걸 다들 읽고 있는 건가……."

어깨를 떨궜다. 그 어깨를 디아가 두드렸다.

"그뿐만이 아니야. 그걸 토대로 한 연극이라든가, 인형극이라든가, 그림극 같은 걸 곳곳에서 하고 있어."

"루그 님, 아람교가 진심으로 나서면 굉장하네요."

"그, 그러게."

아람교의 본질이 상인에 가깝다고 다 아는 것처럼 말했지만, 그런 내 상상을 간단히 넘어섰다.

이렇게까지 하냐고…….

뭐, 저쪽의 본업은 원래 정치가 아니라 일반 시민을 상대로 한 포교다.

사회에 정보를 침투시키는 방법을 우리보다 잘 알고 있는 것도 당연했다.

한 방 먹었다.

"잘됐네. 루그는 완벽하게 히어로야."

"그, 저도 자랑스러워요."

"……내 본업이 뭔지 알고서 하는 말이야?"

세계 각국에서 성도에 순례하러 온 자들이 여기서 파는 책을 산다. 그리고 그들은 원래 살던 도시와 마을로 돌아간다. ……기념품으로 이 책을 들고서.

루그 투아하데라는 이름이 얼마나 알려지든 딱히 상관없지만, 내 모습이 그려진 책이 전 세계에 퍼져서 생김새가 알려지는 건 암살자로서 치명적이다.

"아하하, 세상에서 가장 유명한 사람이 되어 버렸네."

"어차피 그 일을 할 때는 변장하니까 괜찮아요!"

여하튼 긍정적으로 생각하자.

이 상황을 살릴 방법은 이것저것 있을 터다.

"어쨌든 별실이 있는 가게에서 저녁을 먹을까?"

"그치. 누가 뚫어지게 쳐다보면 먹기 힘드니까."

"아! 윽, 실수했어요."

"타르트, 무슨 일이야?"

"루그 님이 밖에서 저녁을 먹자고 하셔서 맛있는 가게를 조사해 뒀는데…… 별실이 없었어요."

타르트가 의기소침해졌다.

말하지 않아도 행동하기로 결심하고 실행하자마자 실패했으니 낙심할 만도 했다.

"이번에는 실패했지만, 착안점은 좋았어. 다음에는 조금 더 상상력을 발휘해 보자."

"네! 이번에야말로 힘내겠어요!"

나는 타르트의 머리를 쓰다듬고 걷기 시작했다.

이 도시는 구석구석까지 조사했다.

별실이 있는 맛있는 가게도 알고 있다.

하지만 일부러 말하지 않았다.

타르트가 기합을 넣고서 가게를 찾고 있었다. 그녀에게 맡기는 편이 성장으로 이어질 테고, 재미있을 것 같다.

◇

성지에는 다양한 가게가 있다.

성지에 오는 사람이 다양하기 때문이다.

전 세계에서 사람이 모이는 만큼, 인종도 문화도 풍습도 지갑 사정도 전혀 달랐다.

부유한 손님이 많다고 해서 고급 음식점만 차릴 수는 없었다.

오늘 우리가 찾은 가게는 중류 계급이 살짝 무리해서 이용할 만한 곳이었다.

"좋은 가게잖아."

"좋아해 주셔서 다행이에요."

"루그는 이런 수준의 가게를 좋아하더라."

"맛있으면서 너무 부담스럽지 않으니까."

고급 음식점은 드레스 코드라든가 매너가 엄격하여 부담스럽다.

하지만 너무 저렴한 곳은 요리 자체가 맛이 없다.

싼값을 받으려면 싼 재료를 써야 하고, 인건비를 아끼기 위해 요리에 정성을 들일 수도 없기 때문이다.

이런 수준의 가게라면 확실히 좋은 재료를 쓰고 수고를 들인 요리가 나오지만, 격식을 차리지 않아도 된다.

나는 그런 가게를 애용했다.

타르트는 내 취향을 잘 알았다.

"저도 이 정도 가게가 좋아요. 너무 비싼 가게는 분위기가 무거워서 즐겁지 않아요."

"있지, 타르트의 말은 이해하고, 루그가 좋아하니까 이런 가게를 골랐겠지만. 루그는 귀족이고 타르트는 그 전속 하녀야. 초고급 음식점에도 익숙해져야 해. 앞으로는 싫어도 사람 만날 일이 늘어날 테니까."

디아는 변함없이 누나 기질을 발휘했다.

그녀의 친가인 비코네 백작가는 대귀족이다.

그런 집안에서 자란 디아의 테이블 매너는 완벽해서, 식사 때 나이프를 사용하는 방식만 봐도 아름다웠다.

"확실히 그렇지. 호불호를 따질 수는 없어. 하지만 오늘은 지쳤어. 이럴 때 정도는 순수하게 즐기고 싶어."

"응, 오늘은 허락해 줄게. 하지만 다음에는 루그와 타르트의 수행으로 아주 비싸고 매너를 까다롭게 따지는 가게에서 먹자."

"그저 디아가 그런 데서 먹고 싶은 거 아니야?"

"딱히 그렇진 않아. 나는 그런 거 질리도록 먹었는걸. 루그가 직접 만든 요리를 제일 좋아할 정도야."

대귀족으로 태어난 디아가 가장 좋아하는 요리는 내가 만든 그라탱이었다.

일본에서는 외식으로 먹는 특별한 요리라는 이미지가 강하지만, 그라탱은 엄연한 가정 요리다. 재료가 비싸지 않고 수고도 많이 들지 않는다.

서민적인 취향이었다.

"알았어. 다음에는 고급 음식점에 가자. 잘 지도해 줘."

"흐흥, 누나한테 맡겨. 확실하게 단련해 줄게."

디아의 누나 기질 발작이 끝났을 즈음, 요리가 나왔다.

일단 오늘은 주방장 특선 코스를 주문했다.

처음 방문하는 가게는 이렇게 먹는 게 가장 즐겁다.

"이 샐러드, 별로 안 신선하네."

"네, 흐물흐물해요."

"그건 어쩔 수 없어. 성도에는 밭이 없으니까. 외부에서 채소를 가져오면 아무래도 신선함은 떨어지지."

"하지만 왕도에서도 무르테우에서도 신선한 채소를 먹을 수 있었는걸."

"그쪽이 특별한 거야. 농성전을 시야에 두고 도시의 식량 자급률을 높였으니까."

갓 수확한 채소를 먹을 수 있는 것은 일종의 사치다.

왕도나 상업 도시 무르테우 등에서 신선한 채소를 먹을 수 있는 것은, 그 정도 수준의 도시는 마족이나 마물, 혹은 타국의 습격을 내다보고 설계하기 때문이다.

도시를 지키는 방벽 내부에는 밭이 마련되어 있다.

상회 중에는 땅값이 높은 왕도나 상업 도시에 밭을 만드는 것은 난센스이며 밭을 없애 가게나 주택을 짓고, 다른 곳에서 채소를 사면 된다고 의견을 내는 곳도 많다.

하지만 내 의견은 다르다. 큰 도시이기에 외부에 의존하지 않고 식량을 보존할 수 있어야 한다.

"흐응, 여러 가지로 생각한 거구나."

"비코네의 도시도 식량을 자급자족했잖아."

"비코네는 넓고, 전통이 있고, 돈도 있고, 왕도에서 멀어서 상업으로 발전한 것도 아니니까. 오히려 남는 식량을 파는 쪽이었어."

"그랬어?"

"그렇지. 비코네의 식량 생산량은 스오이겔 왕국 제일이었어. 가을에는 굉장해. 끝없이 펼쳐진 보리가 익은 모습이 얼마나 예쁜지……. 언젠가 비코네가 다시 부흥하면 놀러 가자. 안내할게."

"꼭 가자."

"응, 약속한 거야."

디아의 친가인 비코네 백작가는 스오이겔 왕국에서 내란이 일어났을 때 왕족 측에 붙었고, 패배하여 멸망했다.

디아의 아버지는 언젠가 다시 집안을 일으키겠다며 모습을 감추고서 힘을 기르고 있었다.

"【성인】으로 선정된 지금이라면 정공법으로 비코네령을 되찾을 수 있을지도 몰라."

【성인】이란 칭호는 그만한 힘이 있다.

스오이겔 왕국의 내란에서 정의는 왕족에게 있었다고 【성인】이 말하면 그것만으로도 여론이 달라진다.

애초에 그 반란이 성공한 것은 세탄타 맥네스라는 규격을 벗어난 강자 덕분이었고, 그 세탄타도 이제 없었다.

내가 정말 작정한다면 디아를 비코네로 돌려보낼 수 있다.

"그러면 화낼 거야. 나도 영지는 되찾고 싶어. 하지만 그런 비틀린 힘으로 얻은 결과는 반드시 비틀림을 낳아. ……아버지가 재흥한다고 했으니 언젠가 반드시 재흥할 거야. 지금 내가 할 수 있는 일은 아버지가 도와달라고 말하길 기다리는 거야. 그리고 그때 기대에 부응할 힘을 갖추는 거야."

"디아는 강하네."

"나도 비코네의 영애니까. 있지, 그때가 되면 힘을 빌려줄래?"

디아가 물었다.

알반 왕국의 암살 귀족이 디아를…… 스오이겔 왕국의 귀족을 도울 정당한 이유 같은 건 없다.

그래도…….

"아내의 친정을 돕는 건 남편으로서 당연한 일이야."

"가, 갑자기 아내라든가, 남편이라든가, 그런 말 하지 마. 그, 쑥스러우니까."

"약혼했는데 뭘 새삼스레."

"그건 그렇지만…… 정말, 루그는 동생이면서 건방져."

디아는 수프를 마시며 민망함을 감췄다.

이럴 때도 동작이 아름다워서 작게 웃고 말았다.

"샐러드랑 수프는 그냥 그런데 메인 요리는 어떠려나? 메인 요리까지 실망스러우면 가게를 고른 타르트 잘못이야."

"네?! 저기, 그게, 맛있을 거예요!"

상당히 민망했는지 말을 돌리는 방식이 억지스러웠다. 괜히 불통을 맞게 된 타르트가 당황했다.

"걱정하지 마. 손님 수를 봤잖아? 맛없는 곳이면 손님도 안 와."

내 말에 대답하듯 요리가 나왔다.

어린 양고기 구이.

간은 암염으로만 했다. 향이 좋았다. 아마 향초로 싸서 구웠을 것이다.

그러면 수분이 날아가지 않아서 푸석해지지 않고 향도 좋아진다. 나도 자주 쓰는 요리법이었다.

웨이터가 뼈를 잡아서 뜯어 먹으라고 했기에 그 말을 따랐다.

"아! 이거 맛있어."

"정말 그러네요. 고기의 맛이 아주 진해요."

"……고기를 숙성시켰나."

고기는 신선할수록 맛있는 게 아니다.

단백질이 감칠맛으로 바뀌려면 시간이 필요하다.

그 사실은 알려져 있어서 어느 정도 뒀다가 먹는 것이 상식이었다.

하지만 이 가게는 고기를 숙성시켜서 쓰고 있었다.

그냥 고기를 두는 것이 아니라 습도나 통풍을 궁리하여 고기가 더 맛있어지는 환경을 갖춘 것이다. 안 그러면 이 맛은 안 나온다.

"아까 샐러드로 깎인 점수를 만회하고도 남네."

"네, 한 그릇 더 먹고 싶어요."

"……이 가게에서 숙성시킨 건지, 아니면 정육점이 좋은 건지. 후자라면 거래하고 싶어."

"루그, 일 얘기는 금지야!"

그 후로도 요리가 몇 가지 나왔다.

양고기가 메인이었다.

내륙인 성도에서는 생선이 안 잡힌다. 그래서 인근 마을에서 기른 가축을 주로 요리에 썼다.

게다가 이 근처는 추워서 양모의 수요가 높기에 필연적으로 고기도 양고기가 메인이 되었다.

"고기 요리는 전부 맛있었어."

"응응, 대만족이야."

"이제 코스는 끝인가요?"

"아니, 디저트가 있을 거야. ……왔다."

디저트는 양젖 치즈로 만든 치즈 케이크였다.

"윽, 냄새가 좀 고약해."

"그런가요? 저는 괜찮아요."

양젖은 독특한 냄새가 난다. 거기에 치즈로 만들면 더 강해진다. 일본보다 열 배는 더 치즈를 많이 먹는 유럽에서도 양젖 치즈는 못 먹는 사람이 많았다.

나도 좀 거북해하는 쪽이었다.

살짝 참고 먹어 봤다.

"……냄새는 좀 그렇지만 맛은 좋아. 우유로 만든 치즈보다 깊은 맛이 나."

"저는 이거 꽤 마음에 들어요."

나와 타르트가 먹는 것을 본 디아가 떨떠름하게 포크를 들어 케이크를 작게 잘라 먹었다.

"……맛없지는 않은데, 윽, 나는 안 먹을래. 입에 넣어도 냄새가 고약해."

디아가 입에 남은 치즈를 술로 씻어 냈다.

"으으으으, 죄송해요. 제가 제대로 조사하지 않은 탓이에요. 루그 님이었다면 분명 디아 님을 만족시켰을 텐데."

"아, 타르트, 오해하지 마. 확실히 맛있었어. 샐러드랑 디저트는 그냥 그렇지만, 고기 요리는 전부 맛있어서 만족했어."

"그, 정말로, 여기 괜찮았나요?"

"응, 앞으로도 계속 새로운 가게에 데려가 줘. 나를 신경 써서 내가 좋아할 만한 가게로만 데려가면 새로운 맛과 만날 수 없는걸. 마지막 디저트도, 내 입맛엔 안 맞지만, 이런 맛을 알게 된 건 기뻐."

이런 사고방식은 디아다웠다.

디아는 호기심이 왕성하고 모험을 좋아한다. 나와는 정반대 타입이다. 그렇기에 끌리는 걸지도 모른다.

"그러고 보니 타르트가 편식하는 모습은 본 적이 없어. 싫어하는 음식은 없어? 혹시 루그 앞이라고 참고 있는 거 아니야?"

치즈 케이크를 묵묵히 먹던 타르트가 고개를 갸웃했다.

"아뇨, 저는 음식을 맛없다고 여긴 적이 없어요. 왜냐하면 루그 님께 거둬지기 전에는 배가 너무 고파서 먹을 수 있는 건 전부 먹었으니까요. 정말 뭐든 먹었어요. 썩은 음식은 시작에 불과할 정도로……. 그래서, 그, 평범하게 식자재로 유통되는 걸 먹고 맛없다고 여긴 적이 없어요."

디아가 매우 멋쩍어했다.

줄곧 죽도록 배고프게 산 타르트의 눈에 디아는 터무니없이 사치스러워 보일 것이다.

"그게, 어어, 미안. 무신경했던 것 같아."

"괜찮아요. 가치관이 다를 뿐이니까요. 그리고 디아 님의 비코네 백작령에서는 성실하게 일하면 굶주리지 않았죠?"

"응, 그랬지. 아버지가 영지를 다스리게 된 뒤로 굶어 죽은 사람이 한 명도 나오지 않은 게 자랑거리야. 아버지가 이것저것 궁리했거든. 흉작이 들었을 때를 대비해 보존식을 모아 뒀다가 모두에게 나눠 주는 식으로."

비코네에 관해서는 나도 그런대로 알고 있다.

언젠가 디아를 위해 힘을 발휘하려고 이것저것 조사했다.

아까 말이 나왔던 채소 얘기도 대화를 이어 나가기 위해 일부러 모르는 척했을 뿐이다.

"멋지네요……. 제가 싫어하는 건 사치 부리기 위해 영민들을 철저히 착취하여 굶겨 죽이는, 그런 쓰레기예요."

타르트는 투아하데령의 이웃 영지에서 태어났다.

기후는 그런대로 좋았고 흙도 좋았다. 아주 이상한 짓만 안 하면 그런대로 잘 살 수 있는 곳이었다.

그런데 영주가 최악이었다.

철저히 영민을 착취하고 돈을 낭비했다. 정상적인 생활이 불가능해진 영민은 생산성이 떨어졌고, 생산성이 떨어지니 세금을 더 올렸다. 그렇게 생활이 더 어려워지며 생산성이 떨어지는 지옥 같은 상황에 빠졌다.

영민들은 몸을 팔든가 노인이나 아이를 버릴 수밖에 없었다.

타르트도 그렇게 버려졌다. 그 탓인지 타르트는 사치 부리는 귀족, 특히 영민에게 무리를 강요하는 귀족을 싫어했다.

"있지, 비코네 백작가가 그런 나쁜 귀족이었다면 타르트는 어쨌을 거야?"

"어쩌지도 않아요. 그저 속으로 경멸했겠죠."

디아의 표정이 어색해졌다.

어떤 의미에서 그게 가장 견디기 어렵다.

"영지 경영을 잘해서 다행이네."

"그러게. 아버지와 선조님께 감사해야겠어."

분위기가 미묘해진 가운데, 타르트는 남은 치즈 케이크를 진심으로 행복해하며 먹어 치웠다.

그걸 보고 나도 디아도 맥이 풀렸다.

그때 겨울 산에서 타르트와 만나 다행이라고 새삼 생각했다.

그날 그녀와 만나지 않았다면 구할 수 없었다. 이렇게 열심히 사는 사랑스러운 전속 하녀는 손에 들어오지 않았을 것이다.

Episode4

제
4
화

암살자는 장사꾼의 얼굴을 보인다

The world's
best
assassin, to
reincarnate
in a different
world
aristocrat

드디어 축제가 사흘 앞으로 다가오면서 거리는 한층 더한 열기에 휩싸였다.

조직으로서 움직이는 상회도, 개인 행상인도, 눈빛이 달라져 있었다.

축제는 클수록 돈이 벌린다. 심지어 성도에서 열리는 축제인 데다가, 아람교가 굳이 각국에 협력을 요청하여 개최하는 것이기에 여기서 성공하면 유명해진다.

그런 상황에서 나는 혼자 거리를 산책 중이었다.

아무도 내게 말을 걸지 않았다.

루그 투아하데 붐이 끝났기 때문은 아니었다.

그 책은 엄청나게 잘 팔리고 있었고, 연극이나 그림극도 인기가 있어서 오히려 루그 열풍은 점점 거세지고 있었다.

민중이 나를 눈치채지 못하는 것은 변장했기 때문이었다.

'전혀 못 알아보네. 이 정도면 암살업에 영향은 없겠어.'

알아봐서 소란이 일면 귀찮기도 하지만, 효

과가 있는지 보기 위해 변장한 것이었다.

루그 투아하데의 이름과 얼굴이 폭발적으로 알려진 진원지. 여기서 아무도 알아보지 못한다면 문제없이 암살 가업을 이어갈 수 있을 것이다.

……최악에는 변장이 아니라 성형한다는 수단도 쓸 수는 있었다. 얼굴의 윤곽이나 코의 높이, 눈매 등을 바꿔 버리면 다른 사람으로 보인다.

전생의 나였다면 망설이지 않고 했다. 실제로 전생에는 얼굴을 여러 번 바꿨다.

하지만 지금은 그러고 싶지 않았다.

지금의 나를 좋아한다고 말해 준 약혼녀들을 배신하고 싶지 않았다.

"뭐 해, 루그 투아하데?"

누군가가 나를 불렀다. 남자 목소리처럼 들리지만, 남자라고 하기에는 목소리가 조금 높았다.

변장을 들켰나?

나는 동요를 감추고서 부름을 무시하고 걸었다. 정말 다른 사람인 것처럼.

"너한테 말한 거야. 그걸 변장이라고 한 건가?"

또 불렀다.

아까보다도 목소리가 높았다. 상당히 무리해서 목소리를 만들고 있었다.

아마도 상대는 여성이다. 왜 남자인 척하는 건지는 모르겠지만…… 아니, 마침내 눈치챘다.

이건 장난이고, 누가 이런 장난을 치고 있는지.

"마하, 이런 농담은 하지 마. 심장에 안 좋아."

그렇게 말하며 돌아보니 어른스럽고 지적인 미소녀가 있었다. 가볍게 화장을 하고, 얌전하지만 센스 있으며 질이 좋은 옷을 차려입고 있었다.

방금 나를 부른 남자 목소리는 마하의 연기였다.

마하는 전투 재능이 없지만, 이것저것 가르쳐서 성대모사 정도는 할 줄 알았다.

"어머, 간단히 들켰네."

조금 전까지 남자 목소리를 만들었다는 게 믿기지 않을 만큼 마하는 아름다운 숙녀처럼 굴고 미소 지었다.

"아직 미숙해."

"바빠서 연습을 게을리한 탓이지. 불찰이야. ……아무튼 어서 와, 루그 오빠."

"다녀왔어. 마하."

이곳은 집이 아니다.

하지만 돌아온 가족을 맞이하고 싶어 하는 마하의 마음이 전해져서 그렇게 답했다.

◇

아람교는 세계 각국의 상회를 초대했다. 그러니 급격히 성장 중인 초신성, 국내외를 불문하고 인기가 있는 화장품 브랜드인 오르나가 부름을 받는 것은 필연이었다.

우리는 오르나가 축제 때 사용할 가게에 갔다.

격이 낮은 상회는 한 구역을 여러 상회가 같이 쓰는데, 오르나는 그런대로 입지가 좋은 점포를 통째로 쓰게 된 것 같았다.

크게 기대받고 있었다.

"대표님, 부대표님, 수고 많으십니다."

가게에서 깍듯이 우리를 맞이했다.

나는 이르그 발로르로 변장하고 있었다. 대상회인 발로르 상회의 회장이 창부와 관계를 맺어 낳은 아이로, 발로르 상회의 지원하에 화장품 브랜드 오르나를 세운 실력 있는 상인.

그러니 가게 측에서 이렇게 대응하는 것도 당연했다.

마하와 둘이서 가게 안쪽에 있는 사무실에 들어가 문을 잠갔다.

"용케 안 늦었네. 무르테우에서 여기까지 오는 데만 일주일 넘게 걸릴 것 같은데."

마차는 이미지와 달리 느리다.

말의 체력은 반나절도 가지 않고, 시속은 12~13킬로미터로 자전거보다 느렸다.

무르테우에서 여기까지 오려면 아무리 서둘러도 일주일은 걸린다.

"상당히 무리했어. 마차가 아니라 파발마를 여러 번 갈아타고, 갈아타는 데 실패했을 때는 마력으로 신체 능력을 강화해서 달렸지……. 루그 오빠가 내 전용 행글라이더를 만들어 주겠다고 약속해 놓고서 안 지킨 탓에 큰일이었어."

"미안. 좀처럼 시간이 안 나서."

주요 가도조차 제대로 정비되지 않은 이 시대에, 지형을 무시하고 이동할 수 있는 하늘길의 이동 속도는 압도적이다.

그렇기에 마하를 위해 행글라이더를 만들어 주고 싶었지만, 연이어 트러블이 발생해서 뒤로 미뤄지고 말았다.

애초에 마하의 속성은 물인지라 동력을 확보하기 어렵다는 문제도 있었다.

"알고 있어. 나도 당사자인걸. ……그, 미안해. 로마룽그 공작이 직접 찾아와 추궁해서, 내가 루그 오빠의 협력자라는 것과 통신망의 존재를 인정해 버렸어."

"이미 알아내 버렸으니 어떻게 할 방법도 없었어. 그 괴물을 상대로 비밀을 지키는 건 나라도 불가능해. 나도 안일했어."

"응, 그런 사람이 있다는 걸 알았다면 미리 대응할 수 있었을 텐데."

"하지만 그랬다면 우리의 무기인 정보 수집 속도가 떨어졌을 거야."

안 들키게 한다.

그러려면 많은 제한이 필요해진다. 결국 안전과 성과는 교환 대상이다.

그런 변칙적인 괴물을 고려하여 안 들키게 움직이는 것은 현실적이지 못하다.

"그렇지, 어려운 문제야."

"일단 그 사람은 아군이야. 아직까지 눈치챈 사람은 그 사람뿐이고. 계속 지금처럼 하자."

"알았어. 그리고 루그 오빠를 돕기 위해 필요하다고 해서 자료도 제공했어."

"그 자료가 쓰인 현장에 나도 있었어. 결과적으로 도움이 됐어. 좋은 판단이야."

"그래? 그렇다면 다행이야."

마하는 그저 협박받아서 자료를 넘긴 게 아닐 것이다.

정보망의 정점에 있기에 온갖 정보를 훑어보고 있었다. 그렇게 내 상황을 올바르게 인식하고, 로마룽그 공작에게 정보를 넘기는 것이 가장 좋다고 판단했다—.

마하에게 정보망을 맡긴 것은 그게 가능하기 때문이었다.

내가 아는 사람 중에서 정보 분석 능력과 판단력이 가장 뛰어난 사람이 마하였다.

그녀는 전투엔 소질이 없다. 그러나 전투 능력보다 훨씬 희귀한 재능을 가지고 있었다. 대체할 수 없는 존재다.

"이번에도 마하에게 도움만 받았네."

모략, 함정, 정치적인 압력— 그런 공격을 해 오면, 정보야말로 검이 되고 방패가 된다.

그럴 때는 마하를 혹사시킬 수밖에 없다.

오르나 경영만으로도 상당한 부담이라는 것은 알지만, 정보망 통제도 오르나 경영도 마하만이 할 수 있다.

"괜찮아. 그게 내 일이고, 루그 오빠의 힘이 될 수 있는 게 기쁘니까……. 하지만 꼭 보답을 해야겠다면 받아 줄 수도 있어."

조르는 방식이 실로 마하다워서 웃음이 났다.

"그래, 꼭 보답하고 싶어. 나는 뭘 하면 돼?"

"꽉 끌어안고 키스해 줘. 한동안 못 만나서 외로웠어."

고개를 끄덕인 나는 마하의 가느다란 허리를 끌어안고 입을 맞췄다.

마하가 혀를 넣어왔다.

이런 것도 열심히 공부하는 모양이다.

입맞춤을 끝냈다.

"이걸로 용서해 줄게."

어른스럽고 여유 있어 보이지만, 쑥스러움을 완벽히 감추지 못해서 뺨은 발그레했고 목소리는 떨리고 있었다.

그런 부분이 마하의 사랑스러운 점이라고 늘 생각한다.

"정말 이것만으로 되겠어? 이걸로 용서하다니 통이 크네."

"……후후, 그래? 그럼 좀 더 성의를 보여 줘."

마하는 일순 놀랐다가 다시 여유로운 척 연기하기 시작했다.

내가 내민 손을 숙녀다운 동작으로 잡았다.

하지만 손을 잡을 때 살짝 쑥스러워하며 망설여서 허점이 드러났다. 마하는 완벽한 악녀는 못 될 것이다.

"직성이 풀릴 때까지 함께하겠어. 공주님."

"그런 건 나랑 안 맞아. 하지만 조금 기쁠지도."

마하의 발걸음이 가벼워졌다.

무척 기분이 좋아 보였다.

오늘은 마하의 귀여운 모습을 볼 수 있을 것 같다. 평소에 마하를 고생시키고 있다. 그래서 그런 건 아니지만, 실컷 어리광을 받아 주고 싶다.

제
5
화
─
암
살
자
는
상
품
을
개
발
한
다

The world's
best
assassin, to
reincarnate
in a different
world
aristocrat

마하와의 데이트가 시작됐다.

조금 전까지 관광 명소를 거닐었고, 지금은 카페에서 쉬고 있었다. 그러면서 자연스럽게 누가 먼저랄 것도 없이 일 얘기를 꺼냈다.

디아는 데이트할 때 다른 이야기를 하는 걸 싫어하지만, 마하는 그 반대라서 본인이 먼저 일 얘기를 꺼냈다.

마하에게 장사는 취미이기도 할 것이다.

"파발마로 왔다고 했는데, 직원이랑 상품은 어떻게 준비했어?"

우선 신경 쓰였던 점을 물었다.

마력 보유자인 마하 혼자라면 무리해서라도 올 수 있다. 실제로 마하는 그렇게 고작 2~3일 만에 성도에 도착했다.

하지만 그렇다면 다른 직원과 상품이 없을 터다. 마하는 나와 달리 【두루미 혁낭】 같은 편법을 쓸 수 없다.

혼자 성도에 와 봤자 축제 때 오르나의 출장점을 내기는 어렵다.

"운이 좋았어. 성도 근처 도시에 오르나의

지점을 만들고 있었거든. 출발과 동시에 지점에 전서구를 날려서 지시를 보냈어. 축제 기간에는 지점의 직원을 빌리고, 상품도 지점의 재고를 쓸 거야. 대대적으로 개점 세일을 할 예정이었기에 재고가 많이 있었어."

"그러고 보니 계획서에 적혀 있었지."

지금까지는 상업 도시 무르테우에 본점, 마하가 태어난 도시와 왕도에 각각 지점을 내서 운영하는 체제였다.

지점을 늘리려고 계획 중이라는 이야기는 들었지만, 성도 근처였을 줄은 몰랐다.

"보다시피 성도에는 매일같이 많은 순례자가 오는걸. 그 손님을 받기 위한 출점이야. 사실은 성도에 가게를 내고 싶었지만, 타협해서 여기서 20킬로미터쯤 떨어진 도시에 지점을 내기로 했어."

"오르나라도 성도에 가게를 내는 건 어렵겠지."

마하처럼 성도에 지점을 내고 싶어 하는 상회는 매우 많다.

이익만을 생각한 게 아니라 종교적인 이유로 가게를 내고 싶어 하는 자도 적지 않았다.

몇 년 뒤까지 순서를 기다려야 하고, 작은 가게를 내는 데에도 필요한 금액은 터무니없이 비싸다.

애초에 돈만으로 어떻게 할 수 있는 문제도 아니었다.

강력한 연줄이 필요했다.

"응, 도저히 무리야. 인근 도시도 땅값이 엄청났어……. 마침 영주가 오르나 신도여서 이것저것 편의를 봐줬지만, 투자금을 회수하는 건 한참 뒤일 것 같아."

오르나의 주요 전력인 화장품의 이익률은 매우 높다.

화장품 자체가 그런 물건이었다. 전생에도 1만 엔에 파는 화장수의 원가가 100엔인 케이스는 셀 수 없이 많았다.

우리는 그렇게까지 바가지를 씌우지는 않아서 원가율은 대충 10% 정도였다.

그런 오르나조차 투자금 회수에 시간이 걸린다니 무서운 일이었다.

"적자여도 광고비라고 생각하면 싸게 먹히는 거지. 성도에 오는 손님을 상대하는 건 의미가 커."

"맞아. 그걸 위해 무리한 거야."

전 세계에서 성도에 순례하러 온다. 그런 이들에게 상품을 팔면 세계 각지로 상품이 퍼져 나간다.

설령 지점의 수익이 적자더라도 광고비라고 생각하면 싼 편이다.

이 세계에서 당연하게 그런 생각을 할 줄 아는 마하의 재능은 훌륭했다.

"직원과 통상 상품에 문제가 없다면, 남은 건 축제에 적합한 상품을 준비하는 거네."

"그렇지. 그 점은 나도 신경 쓰였어. 아마 단순히 오르나의 대표 상품을 진열해도 날개 돋친 듯이 팔리겠지만…… 그러면 존재감을 드러낼 수는 없어."

"오르나는 아직 신생이야. 이런 노하우가 없는 건 약점일지도 몰라. 이번에 좋은 입지의 가게를 받았으니 그 기대에 부응할 의무가 있어."

축제는 특별한 공간이다. 그렇기에 각 상회도 특별한 무대에 어울리는, 축제 때만 살 수 있는 특별한 상품을 들고 나온다.

"그건 알지만, 기간도 일주일밖에 안 줬으면서 그걸 기대해도 곤란하단 말이지……."

상품 개발에는 시간이 걸리기 때문에 보통은 반년 전부터 준비할 규모의 일이다.

"그런 상황이기에, 완수하면 다른 상회보다 한 걸음 앞설 수 있어……. 마침내 화장품 생산 라인을 늘렸고, 이 기회에 제대로 어필하고 싶어."

지금까지 오르나는 수요를 전부 처리하지 못했다.

상품의 생산 라인이 빈약해서 요구되는 수량을 만들지 못했기에 지명도를 높일 필요가 없었다.

그건 처음 가게를 열었을 때부터 문제시했던 부분이었고, 최근 들어 마침내 양산에 성공했다.

오르나의 간판 상품인 유액은 제조법만 알면 모방하기 쉽다. 그렇기에 제조법을 숨겨야 해서 그동안 기밀을 지킨 채 양산하느라 고생했다.

지금도 종업원을 매수하려 들거나 공장에 첩보원을 파견하는 등 이런저런 수법으로 비밀을 알아내려고 다양한 상회가 암약 중이라 긴장을 늦출 수 없었다.

"그렇지. 여기서 승부를 걸고 싶은데…… 내가 지금 가진 패로는 방법이 안 보여. 그런고로 루그 오빠가 나설 차례야."

"떠넘기는 거야?"

"늘 오르나 일을 떠넘기는 루그 오빠도 가끔은 일해야지. 당장 가게로 돌아가자."

마하는 장난스러운 표정으로 내 안색을 살폈다.

상품은 개발한다고 끝이 아니다. 충분한 수를 준비하고 포장하고. 종업원에게 설명도 해야 한다.

그 점을 고려하여 역산하면 상품 개발에 쓸 수 있는 시간은 오늘 하루 정도다.

"아니, 좀 더 데이트를 이어가자."

"포기하고 현실 도피야?"

"뭘 만들든 재료를 조달해야 하잖아? 시간을 생각하면 이 도시에서 충분한 수를 예산 내에서 사들일 수 있어야 해. 그럼 데이트하며 가게를 둘러보고 뭘 만들 수 있을지 찾는 게 효율적이야."

"그렇구나. 합당하네."

"그리고……."

거기서 일단 말을 끊었다. 조금 쑥스러워졌다.

"루그 오빠, 계속 말해."

"그리고, 날 위해서 힘내 준 마하를 치하하고 싶어. 나랑 데이트하는 건 치하가 될까?"

마하는 후후 소리를 내고서 활짝 웃었다.

"응, 무척. 그럼 바로 나가자."

마하가 자리에서 일어나 나를 재촉했다.

가게를 나섬과 동시에 마하는 내 손에 깍지를 끼고 몸을 찰싹 붙였다.

◇

카페에서 나와 성도의 상점가를 걸었다.

역시 다양한 가게가 있었다. 그중에서도 기념품 가게가 많았는데, 아람교 굿즈라는 천벌받을 것 같기도 한 상품을 팔고 있었다.

"이 책, 날개 돋친 듯이 팔리고 있네."

"말하지 마. 그 묘하게 미화된 내 그림을 보기만 해도 머리가 아파."

"비교적 재미있었어. ……이 책을 쓴 저자를 포섭하고 싶어. 아마 집필 시간도 하루 이틀밖에 없지 않았을까?"

"그랬겠지."

이 책은 너무 빨리 완성됐다.

인형술사 마족을 토벌하고 불과 사흘 후엔 인쇄가 끝난 상태였다.

역산하면 집필 시간은 이틀밖에 없다. 심지어 자잘한 주문도 많았을 것이다. 추기경 전원이 활약하게 한다든가, 마지막 장면의 멋진 대사라든가. 게다가 아람교의 이미지를 좋게 만든다는 가장 중요한 사항을 지켜야 했다.

고객의 요구를 전부 만족시키면서 이틀 만에 책을 완성했다. 아주 우수한 작가인 것은 틀림없다.

"작가의 이름은 안 적혀 있네."

"일단은 사실을 유포한다는 명목으로 만든 거니까. 글쓴이를 의식하지 않도록 하는 게 좋다고 판단했겠지."

"그렇구나……. 주인장, 이거 다섯 권 살 수 있을까? 어? 1인당 세 권까지 살 수 있다고……? 그럼 세 권 배송해 줘. 보낼 곳은 오르나가 빌린……."

"야."

내 부름을 무시하고 계산을 끝내 버렸다.

"그걸 왜 사?"

"그렇지만 루그 오…… 크흠! 루그 님이 멋있게 쓰인 책인걸. 당연히 사야지. 내가 볼 건 이미 샀지만, 선물용으로도 사고 싶어져서. 어머님이 아주 좋아하실 거야."

히죽히죽 웃으며 「루그, 멋있어」 하고 안겨 드는 어머니의 모습이 머릿속에 떠올랐다.

"……좋아하시겠지만, 내가 민망해지니까 하지 마."

"후후, 어쩔까?"

"나머지 두 권은?"

"보존용이랑 타르트용. 그 아이, 이르그 오빠가 옆에 있어서 사지는 않았겠지만, 무척 갖고 싶을 테니까."

"착하네."

"친구인걸. ……아니지, 최근 깨달았는데, 나는 타르트를 친구라고 생각 안 할지도."

"그 말을 타르트가 들으면 울 거야."

타르트는 마하를 절친으로 여기고 있었다.

"아니, 그런 게 아니라. 친구라는 말은 와닿질 않아. 그래, 귀여운 덜렁이 동생. 응, 그거야. 그래서 이르그 오빠랑 같이 있어도 별로 질투심이 안 드는 걸지도 몰라."

마하는 짝 손뼉을 치더니 납득했다는 듯 고개를 끄덕였다.

"친구가 아니라 가족인가."

"이르그 오빠의 하렘이 완성되면 호적상으로도 가족이 되겠지."

"하렘이라는 표현은 좀 그렇지 않아?"

"그럼 뭐라고 해?"

엄격한 지적이었다.

귀족풍으로 말하면 디아가 정처고 타르트와 마하가 첩에 해당하지만, 그걸 말하는 건 남사스러웠다.

"우리는 팀이야."

"너무한 방식으로 도망쳤네."

마하가 킥킥 웃었다.

그러면서 상점가를 구경했다. 뒷골목에 들어가니 순례자를 고객층으로 잡지 않고 상점과 거래하는 가게가 많아졌다.

그것들을 봐도 이거다 싶은 게 없었다.

"이르그 오빠, 좋은 생각은 떠올랐어?"

"생각이 없진 않지만 베스트라고는 할 수 없어. 좀 더 둘러보자."

몇 가지 후보는 있었다.

이 도시에서 입수할 수 있는 재료로도 어떻게든 될 것 같았다. 하지만 그건 그저 구색만 갖추는 꼴이다.

"그렇게 타협하지 않는 부분을 좋아해."

"내 고집을 들어주는 건 마하뿐일 거야."

계속 걷다 보니 상업 지구를 벗어나 버린 듯했다.

길 끝에 교회가 있었다.

대교회처럼 위엄을 과시하는 건물이 아니라 고아원이 병설된 아담한 교회였다.

그 마당에서 아이들이 밀랍…… 꿀벌이 만드는 분비물을 이용한 양초를 팔고 있었다.

하지만 잘 팔리지 않는 것 같았다.

기름을 쓰는 램프가 싼값에 풀리기 시작하여 밀랍의 수요가 줄어든 탓일 것이다.

"밀랍인가, 흠……. 저게 있다면…… 가능하려나."

이런 고아원은 본부에서 지급하는 자금만으로는 생활하기 어렵다. 그래서 부업을 하여 돈을 번다.

이 주변의 주요 지역 산업은 양봉이다.

꿀벌을 키우는 양봉은 손이 많이 가고 벌침에 쏘일 위험도 있지만, 힘없는 어린이도 할 수 있었다.

한랭한 기후라서 사탕수수가 자라지 않아 설탕이 비싼지라 벌꿀은 감미료로서 수요가 높았다. 그런대로 돈이 된다.

또한 부산물인 밀랍이 만들어진다.

"교회 마당을 왜 그렇게 빤히 봐?"

"마하, 화장품을 크게 둘로 나눈다면 어떻게 나눌 거야?"

"……음, 크게 나누면 스킨케어와 메이크업이지. 전자는 피부의 상태를 좋게 하는 것. 오르나가 잘 만드는 유액 등이지. 후자는 꾸미는 것. 립스틱 같은 게 해당해."

"오르나의 신상품은 어느 쪽을 만들어야 할까?"

"스킨케어."

마하는 즉답했다.

"왜? 오르나는 스킨케어를 주력으로 삼고 있지만, 메이크업 제품에 힘을 주면 신규 고객층을 개척할 수 있을지도 몰라."

"그건 잘못됐어. 메이크업 화장품은 경합 상대가 너무 많고, 시장 점유율도 고정되어 있어. 거기에 뛰어들기보다는 오르나의 강점을 살려야 해. 오르나는 다른 데서 팔지 않았던 스킨케어 제품을 팔았기에 성공했고, 『여성을 꾸미는 게 아니라 본바탕을 아름답게 한다』라는 이미지가 생겼어. 그 이미지를 지켜야 해."

제자의 완벽한 대답을 듣고 나도 모르게 미소를 지을 뻔했다.

"맞아, 정답이야. 이런 축제이기에 오르나다움이 필요해."

나는 마당에서 양초를 파는 아이에게 말을 걸어, 매대에 있는 것뿐만 아니라 비축한 밀랍까지 전부 사겠다고 했다.

아이는 기뻐하며 교회로 달려가더니 양손 가득 밀랍을 안고서 돌아왔다.

"이르그 오빠, 양초 같은 걸 사서 뭐에 쓰려고? 화장품 만드는 거 아니었어?"

"그래. 양초이긴 한데 이건 밀랍이야. 이게 있으면 최고의 화장품을 만들 수 있어."

밀랍의 원료는 벌집이다. 먹고자 하면 먹을 수 있다.

오르나다움을 살린 스킨케어 제품에 밀랍은 안성맞춤이었다.

"양초가 화장품이 된다니, 믿을 수가 없네."

"완성품을 보면 마음에 들 거야. 그리고 그저 화장품으로 만들기 적절해서 밀랍을 쓰는 게 아니야. 축제 상품으로서 최고의 부가 가치가 생겨. ……잠깐 신부님과 얘기하고 올게."

상품은 품질도 중요하지만, 패키징과 부가 가치도 중요하다.

그걸 얻기 위한 교섭을 하고 와야겠다.

Episode6

제 6 화 ─ 암살자는 화장품을 만든다

The world's
best
assassin, to
reincarnate
in a different
world
aristocrat

오르나가 빌린 점포로 장소를 옮겨서 작업을 시작했다.

사무실에 마련되어 있는 주방에서 하는 작업이었다. 공방이 아닌지라 역시 전문적인 설비는 없었다.

하지만 지금부터 만들 화장품은 평범한 주방에서도 충분히 만들 수 있었다.

지점의 종업원들이 멀찍이서 보고 있었다.

귀가 좋은 탓에 그들이 속닥거리는 소리가 들렸는데, 아무래도 나, 이르그 발로르는 오르나의 창시자로서 전설로 취급되어 동경의 대상인 것 같았다.

"이르그 오빠, 이런 평범한 주방에서 화장품을 만들 수 있어?"

"문제없어. 그렇게 어려운 걸 만들지도 않을 거고."

테이블 위에 재료를 늘어놓았다.

재료라고 해도 고작 세 가지였다.

포도씨유…… 화이트 와인을 만들 때 포도에서 제거한 씨앗을 짜내 추출한 기름. 오르나에서 취급하기 시작한 상품이다. 포도가 재료인 만큼 향이 좋고 산뜻했다. 만드는 데 수고가 들기에 고가지만 인기 있었다.

에센셜 오일…… 식물에서 추출한 휘발성 기름. 오르나에서 취급하는 많은 화장품에 사용되고 있다. 이상적인 향기를 찾다가 바다 건너에서 마침내 찾아낸 허브가 원료였다. 이걸 사용함으로써 오르나가 다루는 화장품의 질이 올랐고, 동시에 이 향이 오르나다운 향으로 인식되었다.

밀랍…… 교회에서 사들인 것. 원료는 벌집. 벌집은 꿀벌의 납샘에서 분비되는 천연 왁스다.

"이게 다야?"

"그래, 이게 다야. 하지만 질이 좋고 오리지널리티가 있어. 포도 씨유와 에센셜 오일은 오르나의 강점이야. 그리고 이 밀랍은…… 품질은 평범하지만, 이 도시의 교회에서 만들어졌다는 것이 큰 의미를 가져."

"아아, 그런 거구나. 축제 때 팔 거면 확실히 더할 나위 없는 물건이네."

역시 마하다. 이 설명만 듣고서 이해한 모양이다.

나는 바로 화장품을 만들기 시작했다.

포도씨유와 밀랍을 병에 넣고 그대로 중탕했다.

밀랍이 녹자 잘 섞고, 마지막에 에센셜 오일을 더해서 또 섞었다.

그 후에는 립스틱 용기에 담아서 굳기를 기다린다.

보통은 반나절쯤 두지만, 빨리 써 보고 싶기에 마법을 사용해 열을 뺏어서 굳혔다.

"완성이야."

"형태는 립스틱인데, 이게 뭐야?"

"립크림. 피부에 바르는 유액의 입술판이라고 할까. 지금까지 오
르나는 피부는 지켰지만 입술은 지키지 않았어. 이렇게나 기후가
건조한데 말이지……. 아까 마하와 키스했을 때 조금 까슬까슬한
게 신경 쓰였고, 그런 와중에 밀랍을 발견해서 만들게 됐어."

마하가 창피한 듯 손으로 입술을 가렸다.

부끄러워할 일은 아닌데.

입술은 민감하다. 이 대륙처럼 늘 건조한 바람이 불면 대미지가
축적되고, 심지어 마하처럼 스트레스받는 일을 한다면 금방 거칠어
진다.

그런 사람을 위해 이걸 만들었다.

"정말이지, 무신경하다니까…… 그리고, 그, 위험해."

마하가 작은 목소리로 속삭였다.

그 내용을 간추리면 이러했다. 얼마 전에 나는 루그 투아하데로
서 마하와 약혼했다. 그리고 지금 나는 이르그 발로르다.

원래부터 마하와 이르그는 아주 친밀해서 연인이라고 소문이 나
있었다. 그렇기에 마하가 루그와 약혼했으면서도 이르그와 애정 행
각을 벌이면 이상한 소문이 날 수도 있었다.

"과한 걱정인 것 같지만…… 어쨌든 섬세하게 신경 쓴다고 모르는
척하는 것보다는 그 입술을 고쳐 주고 싶어. 마하, 당장 써 보자."

나는 마하의 턱을 잡아 날 보게 하고 방금 만든 립크림을 발랐다.

그걸 보고 종업원들이 꺅꺅거렸다.

다 바르자 마하가 손으로 입술을 어루만졌다.

"입술이 매끈매끈해졌어. 그리고 안 아파."

"입술을 보호하기 위한 제품이야. 손이 텄을 때도 쓸 수 있어. ……화장품이면서 약이야."

"양초를 입술에 발라도 돼?"

"밀랍을 굳힌 게 벌집이야. 벌집이 식용 가능하니까 문제 있을 리가 없지."

립크림에 밀랍을 쓴 이유가 그거였다. 입술에 바르는 것이기에 몸에 해가 되는 것은 쓸 수 없다.

밀랍은 녹는점이 높은지라 체온이나 기온 정도에는 녹지 않아서 입술을 확실하게 지켜 준다.

그리고 밀랍이 잘 발리도록 더한 기름도 포도씨에서 추출한 포도씨유와 허브에서 추출한 에센셜 오일이다.

이 립크림을 핥은들 아무런 문제도 없다.

"이거 좋다. 하지만 립스틱을 못 바르게 되는 건 좀 싫을지도……. 공적인 자리에 나갈 때는 아무래도 립스틱을 발라야 하는걸."

"립크림을 바르고 그 위에 립스틱을 바르면 돼. 립스틱으로부터도 입술을 보호해 줘."

"그래? 고맙네. 입술이 텄을 때 립스틱을 바르면 아프고, 낫는 게 늦어져서 싫었거든."

스킨케어에 특화된 오르나이기에 이건 분명 잘 팔린다.

"문제는 유액과 달리 금방 따라 만들 수 있다는 거야."

유액은 특수한 방법으로 대두에서 추출한 성분이 물과 기름을 섞는 데 필요했고, 그걸 모르면 따라 만들 수는 없다. 하지만 립크림은 안목 있는 사람이 보면 어떻게 만드는지 바로 알 수 있다.

원리는 기름으로 입술을 보호하는 게 다다. 그것만 확실히 하면 어떻게 만들든 상관없다.

"그렇지도 않아. 아까 나는 메이크업은 다른 브랜드가 강하니까 후발 주자로 나서지 않겠다고 했는데, 스킨케어 쪽은 반대야. 스킨케어는 오르나라는 이미지가 있어. 똑같은 제품을 내놓으면 오르나가 이겨."

이렇게 잡담에 함정을 심어도 마하는 바로 간파한다.

마하는 진즉에 나를 추월한 걸지도 모른다.

"그리고 이르그 오빠, 아직 얘기 안 한 게 있지?"

"글쎄, 뭘 말하는 건지 모르겠네."

"밀랍을 쓰는 의미."

"그거 말이지. 좋아, 마하의 답을 들려줘."

마하는 마치 시험에 응하는 학생처럼 진지한 눈으로 나를 응시했다.

"전 세계에서 순례자가 모이는 이 도시에서, 교회에서 만든 것을 파는 건 반칙이라고 느껴질 정도로 강해. 어차피 선물을 살 거면 아람교의 권위를 빌리고 싶으니까. 그 점에서 아람교 교회에서 만들어진 건 최고야. 밀랍 자체만으로는 수요가 없어서 팔리지 않았지만, 이렇게 화장품이 되어 실용성이 생기면 폭발적으로 팔리겠지."

"정답이야. 보충할 점이 전혀 없어."

"그래서 신부님과 교섭한 거구나. 교회에서 만든 밀랍을 사용했다는 것을 세일즈 포인트로 삼아도 되는지 확인하려고."

그 교섭이 무엇보다도 중요했다.

아람교의 이름을 무단으로 사용하면 엄청난 대가를 치러야 한다.

"맞아. 신부님은 좋은 사람이어서 매상 일부를 기부하는 조건으로 인정해 줬어. 이제 이 립크림은 아람교의 축복을 받은 화장품으로 팔 수 있어. 신도라면 다들 사겠지. 선물로 사 가기에도 좋고."

"축제에 딱 맞는 최고의 상품이네. ……역시 나는 이르그 오빠를 따라잡으려면 아직 멀었나 봐. 고작 하루 동안 거리를 걸었을 뿐인데 이런 반칙을 떠올리고 상품화해 버리다니."

내가 자랑스럽기도 하고, 상인으로서 나를 따라잡았다는…… 아니, 추월했다는 자부심이 무너져서 분하기도 하고. 마하는 그런 두 가지 감정을 느끼고 있는 것 같았다.

"그건 너무 과대평가한 거야. 상품 개발은 경험이라는 조각을 직감으로 맞추는 퍼즐에 불과해. 그런 재능은 필요하지만, 마하에게 요구되는 건 그런 게 아니야. 상회를 지키고 크게 키우는 수완. 그게 바로 대표에게 필요한 자질이고 마하에게 기대하는 부분이야."

상회의 회장이 상품을 개발할 필요는 없다.

개발은 할 줄 아는 사람을 고용하면 그만이다.

하지만 상회의 방향성을 정하고 이끄는 것은 대표자만 할 수 있다.

"그건 알지만, 분한 건 분해. 좋아, 결심했어. 이르그 오빠를 의지하지 않고 1년 내로 히트 상품을 만들어 내겠어."

"변함없이 지기 싫어하는구나."

"그것도 상인에게 필요한 자질이야."

역시 마하는 강하고 총명한 아이다. 안심하고 오르나를 맡길 수 있다.

"기대할게. 일단은 축제를 준비하자. 마하도 마음에 든 모양이고, 간판 상품은 립크림으로 결정. 이걸 양산하면서 패키지 디자인과 포장을 진행해야겠어. 시간이 없어."

"그렇지. 이제부터 시간과의 싸움이야. 다들 잘 부탁해."

멀찍이서 지켜보던 지점 직원들이 씩씩하게 대답하며 모여들었다.

괜찮은 직원들이다. 마하가 고심해서 모았을 것이다.

이 상품은 무조건 잘 팔릴 거라고 자신한다. 그리고 이렇게나 우수한 직원이 있다.

축제 영업은 틀림없이 성공하리라.

드디어 사흘간의 축제가 시작됐다.

내 성인 인정식은 내일 저녁에 있었다.

둘째 날에 인정식을 하는 것에도 이유가 있는데, 첫날에 해치워 버리면 메인 이벤트가 사라져서 둘째 날부터 손님이 격감하기 때문이다.

그렇다고 셋째 날에 하면 첫날은 흥이 나지 않는다.

그 점에서 둘째 날 저녁이라는 타이밍은 절묘했다.

하루 전에 오고 싶어 하는 손님을 확실하게 잡고, 저녁에 하기에 성인 인정식이 끝난 뒤 하루 묵고 셋째 날도 즐기는 손님까지 얻을 수 있다.

이런 장삿속은 본받고 싶다.

"오늘은 실컷 놀 수 있겠네. ……으음, 뭐라고 부르면 좋을까?"

우리는 그런 축제를 손님으로서 즐기고 있었다.

디아가 어떻게 부를지 고민하는 것은 내가

변장했기 때문이다.

이르그 발로르도 아닌 다른 사람으로 변장한 상태였다.

이르그는 이르그대로 유명하다.

특히 이렇게 축제가 시작되어 대상회의 간부들이 와 있는 상황에서는 불편한 점이 많았다.

"평범하게 루그라고 해도 돼. 이름이 똑같은 것 정도는 문제없겠지."

"그럼 루그라고 부를게."

디아는 데이트 모드가 되어 내 팔에 팔짱을 꼈다.

타르트가 그걸 부럽다는 얼굴로 보았다.

평소 같으면 타르트도 하고 싶냐고 물었겠지만, 타르트의 적극성을 키우자고 디아에게 제안을 받았다.

디아가 말하길, 내가 오냐오냐해서 타르트가 성장하지 않는다고 했다.

갖고 싶어 하는 모습을 보일 때마다 원하는 걸 주면 아무리 시간이 지나도 직접 갖고 싶다는 말을 안 한다는 게 그녀의 말이었다.

일리 있다고 생각하여 모르는 척하고 있지만…… 이 죄책감은 뭘까.

그리고 오늘은 우리 셋만 있는 게 아니었다.

"나까지 끼어서 미안. 모처럼 하는 데이트인데 방해되지 않아?"

"노이슈, 그렇게 생각한다면 배려해 줘."

오늘은 평소와 달리 디아와 타르트 외에 두 명이나 더 있었다.

한 명은 네반과 마찬가지로 4대 공작가 출신이자, 엘리트 중의 엘리트인 노이슈. 그야말로 한량처럼 생긴 미남이지만, 굳은 심지를 가진 뜨거운 남자라는 것을 같이 지내면서 알았다.

그리고 다른 한 명은 내 빈정거림을 듣고서 허둥거리기 시작했다.

"저, 저기, 나는 돌아가는 게 좋을까?"

"농담이야, 에포나. 가끔은 같은 반 친구와 사이좋게 산책하는 것도 나쁘지 않아."

"응, 그렇지. 루그와 같이 노는 건 정말 오랜만이야. 이것저것 얘기하고 싶어."

두 번째 인물은 용사 에포나.

마왕을 쓰러뜨린 후 세계를 멸망시킬 재앙— 그렇게 여신이 단언한 존재이다. 나는 그녀를 죽이기 위해 이 세계에 전생했다.

에포나는 여성임을 숨기고서 남자 행세를 하고 있었다.

원래부터 중성적으로 생기기도 하여 어딜 어떻게 봐도 미소년이었다.

"저기, 루그 님. 이쪽에 계셔도 되는 거예요?"

타르트는 화장품 브랜드 오르나를 안 도와도 괜찮은지 묻는 것이었다.

"괜찮아. 맞다, 마하가 타르트한테 전해 달라고 한 말이 있어. 자기는 충분히 만끽했으니까 나머지는 타르트가 즐기래."

"마하는 너무 착해요……. 저는 줄곧 같이 있는데."

내일은 성인 인정식 때문에 전혀 움직일 수 없지만, 오늘은 자유다. 특히나 트러블이 많은 첫날은 내가 오르나에 있는 편이 좋았다.

그래도 마하는 축제를 즐기고 오라고 해 줬다.

"정말 좋은 아이야."

고개를 끄덕였다.

마하는 좋은 아이라기보다 좋은 여자라고 해야 할 것이다.

"그리고 보니 용사로서 여기저기 불려 다닌 에포나는 그렇다 치고, 노이슈는 일주일간 뭐 했어?"

현재 노이슈는 같은 반 친구지만 마족의 수하이기도 했다.

노이슈는 힘을 얻기 위해, 나와 동맹 관계인 뱀 마족 미나의 종복이 되었다. 일단 동맹 상대이기에 노이슈와 싸울 필요가 없었다.

하지만 동맹이라 한들 인류를 배신했다는 점은 변함없으니 경계는 해야 했다. 첩보원을 붙여서 노이슈를 계속 감시했으나 모조리 따돌려서 발자취를 파악할 수 없었다.

"4대 공작가의 자제는 여러 가지 굴레가 있어서 말이지. 이런 도시에 오면 인사하러 다녀야 해."

그건 거짓말이다.

그런 움직임이 있었다면 파악했을 것이다.

노이슈는 인간으로서가 아니라 마족의 수하로서 움직이고 있었다.

"너무 이상한 짓은 하지 마. 나는 너랑 친구로 있고 싶어."

"나도 그래. 루그 군은 아주아주 소중한 친구니까……. 이렇게 데이트를 방해하면서까지 따라온 것도 너랑 같이 있기 위해서야."

노이슈는 디아가 찰싹 붙어 있는 곳이 아닌 반대쪽 어깨에 손을 얹고 웃었다.

"남자가 다가와도 기쁘지 않은데."

"하하하, 나도 일단 질러 봤는데 속이 안 좋아. ……루그 군은 변했구나. 상당히 인간다워졌어."

"원래는 안 그랬다는 것처럼 말하네."

"맞아. 인간이 되다 만 느낌이었어."

나는 정곡을 찌르는 한 마디에 한순간 동요해서 굳어 버렸다.

전생에 그저 조직의 명령을 따르는 인형이었던 나는 마지막 순간에 배신당하고 인간이 되고 싶다고 바랐다.

그리고 루그로 살면서 부모의 사랑을 받고, 디아와 만나며, 인간다움을 학습했다.

노이슈와 만났을 무렵에는 이미 인간으로서 완성됐다고 생각했지만…… 지금 생각해 보면 여전히 비틀린 상태였다.

"그렇게 심각하게 생각하지 마. 오늘은 그저 실컷 즐기고 싶은 거야. 이렇게 너랑 순수하게 놀 수 있는 건 이게 마지막이 될지도 모르고."

"그게 무슨 말이야?"

노이슈는 내 질문에 답하지 않고, 이어서 타르트를 꼬시기 시작했다.

타르트는 안절부절못하면서도 확실하게 거절했다.

그건 그저 내 질문을 회피하기 위한 술수로만 보였다.

……추궁하지는 말자.

답할 수 없어서 저러는 걸 테니까.

이렇게 친구끼리 모인 오늘만큼은 우리를 둘러싼 귀찮은 것들을 잊기로 했다.

"예전부터 생각했는데, 유난히 타르트한테 작업을 거네."

노이슈는 처음 만났을 때부터 타르트를 꼬셨었다.

"아하하, 타르트 양을 좋아하니까."

타르트가 또 죄송하다며 머리를 숙였다.

"그쯤 해 둬. 타르트가 불쌍해."

"말은 그렇게 하지만, 그저 네 걸 건드리는 게 싫은 거 아니야?"

"……맞아. 그 이유도 있어. 타르트는 내 약혼자가 됐어. 내 여자한테 손대지 마."

"엇, 엇! 루그 님, 그게 무슨……!"

타르트가 새빨개져서 쑥스러워했다.

그리고 노이슈는 흐응, 하고 웃은 뒤 머리를 숙였다.

"몰랐다고는 하지만 미안해. 한동안 못 본 사이에 그런 점도 변했구나. 아무리 나라도 친구의 애인을 건드릴 만큼 염치없진 않아."

고개를 든 노이슈는 진지한 표정을 짓고 있었다.

"……뭐라고 하면 좋을지 대답하기 곤란한데."

"아무 말 안 해도 돼. 타르트 양을 행복하게 해 줘. 응, 루그 군이 타르트 양을 받아들였다는 걸 알게 된 것만으로도 여기 온 의미가 있었어. 안심했어."

"무슨 뜻이야?"

"좋아하는 아이가 행복해지길 바라는 게 이상한 일인가?"

"이상하진 않지만 갑작스러워. ……애초에 나는 네가 네반을 좋아하는 줄 알았어. 네반도 너를 상당히 신경 썼고."

네반과 노이슈는 특별한 관계라고 생각했다.

네반은 사사건건 노이슈를 걱정하며 도우려 하는 구석이 있었기 때문이다.

"아아, 뭐랄까, 네반과는 남매 같은 사이야⋯⋯. 둘 다 4대 공작 가라 어릴 때부터 자주 만났거든. 한때는 약혼도 했었지. 하지만 로마룽그 공작이 내가 기대에 못 미친다며 약혼을 취소했어. 최고의 인류를 만들고자 하는 일족이 보기에 아무래도 나는 불량품이었던 모양이야. ⋯⋯로마룽그 공작이 그렇게 말하지 않았더라도 무리였을 거야. 완벽 초인인 네반이 보기에 나는 손이 많이 가는 못난 동생에 불과해. 나는 그게 분해서, 다시 보게 하고 싶어서 줄곧 노력했어."

그 설명이 묘하게 와닿았다.

네반이 노이슈에 관해 말할 때, 연인이라기보다는 오히려 보호자 시점이었다.

타르트가 머뭇머뭇 손을 들었다.

"저기, 어째서 노이슈 씨는 저 같은 걸 좋아하셨나요?"

"아아, 그거? 가슴이 큰 메이드면서 귀여운 계통의 미인이니까."

"헉, 가, 가슴이요⋯⋯."

타르트가 얼굴을 붉히고 가슴을 가렸다.

"그리고 그런 성격이랑 행동이 좋아. 어머니를 닮았거든. 우리 아버지는 4대 공작가 필두라고 그렇게나 으스댔으면서 메이드를 건드려 나를 낳게 했어. 거기에 나는 마더콤이고. 아니지, 어머니를 닮은 하녀를 아내로 삼으면 아버지가 싫어할 것 같았어."

재미있다는 듯 노이슈가 웃었다.

부자연스러우리만큼 후련한 모습으로.

"생각해 보면 나는 내 인생을 살지 않았던 것 같아. 다른 사람에게 증명하겠다는 생각뿐이었어. 천한 피가 섞였다며 힐난하는 가문 사람들에게 한 방 먹이고 싶었어. 어머니를 건드린 걸 후회하는 아버지에게 한 방 먹이고 싶었어. 기대에 못 미친다고 낙인을 찍고 약혼을 취소한 로마룽그에게 한 방 먹이고 싶었어. 나를 못난 동생으로 여기며 원치 않는 자상함으로 대하는 네반에게 한 방 먹이고 싶었어. ⋯⋯그리고 나를 하수로 단정 지은 루그 투아하데에게 한 방 먹이고 싶었어."

그 말에는 강한 감정, 아니, 원한이 담겨 있었다.

"하지만 이제 전부 상관없어. 나만이 할 수 있는 일, 네반이나 루그 군도 할 수 없는 일을 찾았으니까. 응, 후련해. 다른 누구도 아닌 네게 말하게 돼서 다행이야."

노이슈는 원한을 전부 토해 낸 후련한 웃음을 지었다.

할 말을 찾을 수 없었다.

짝, 건조한 소리가 울렸다.

디아가 손뼉을 쳐서 주목을 모았다.

"느닷없이 장황하게 자기 얘기라니 오글거려. 그보다 축제야, 축제!"

"그렇지. 여러 가게가 있으니 하루 만에 다 돌아볼 순 없겠어."

"놀 수 있는 가게도 있는 것 같아요."

"나도 찬성이야. 실컷 놀자."

디아가 분위기를 바꿔 줬다.

이런 분위기라면 평범한 친구로서 놀 수 있다.

다만 한 가지 마음에 걸렸다.

노이슈가 말한 본인만이 할 수 있는 일…… 그걸 축복하며 그냥 둬도 될까?

막지 않으면 돌이킬 수 없을 만큼 노이슈가 타락해 버릴지도 모른다.

그런 생각을 지울 수 없었다.

어제는 그 이후로 나이에 걸맞게 놀며 함께 웃었다.

안타깝게도 둘째 날은 자유 시간이 없었다.

성인 인정식은 저녁에 있지만, 아침부터 은혜로운 물로 몸을 깨끗이 씻고, 축복받는 의식을 치르고, 은혜로운 설교를 듣느라 넌더리가 났다.

그렇게 순식간에 해가 저물어 한 시간 뒤면 성인 인정식이었다.

지금은 준비를 마무리하고 있었다. 머리를 정돈하고, 화장하고, 매우 격식을 차린 옷을 입었다.

교복은 학생의 정장이지만, 역시 성인 인정식이라는 큰 무대에서는 통용되지 않는 것 같았다.

"여신의 축복을 받은 옷이라던데 여신의 힘은 전혀 안 느껴져."

"아이참, 루그. 그런 말은 하면 안 돼."

디아가 내게 주의를 줬다. 내 시중을 드는 부제들은 울컥한 표정을 지었다.

디아도 종자에 걸맞은 복장이었다. 이쪽도 여신의 힘은 안 느껴지지만, 특별한 힘이 있어 보일 만큼 아름답고 신비한 차림새였다.

디아 자신이 신비한 아름다움을 가지고 있기도 해서 무섭도록 잘 어울렸다.

"내가 오길 잘한 걸까? 이런 시중은 전속 하녀의 일이고, 타르트가 낙심하지 않았으면 좋겠는데."

"나중에 얘기해 둘게."

성인 인정식에는 종자를 한 명만 데려갈 수 있었다.

한 명만 곁에 둬야 한다면 나는 디아를 고른다.

"한 명만 골라야 할 때 루그는 항상 나를 택해 주지만, 그게 미안해서."

"그럼 다음에는 타르트를 택할까?"

"으으, 그건 너무 싫어."

그렇게 말하는 디아를 끌어안았다.

"널 가장 좋아한다는 건 타르트와 마하에게도 얘기했고, 두 사람 다 납득했어. 그 아이들은 그래도 나와 함께 있겠다고 말해 줬어. 디아가 걱정할 일은 아니야."

"응, 그렇지. 그리고 미안하다고 생각하면서 양보하기는 싫다는 건 치사하니까. 그냥 뻔뻔하게 굴래. 칼침 맞으면 그건 그때고."

그건 그것대로 문제인 것 같지만, 알기 쉬워서 좋다.

"어머, 이런 데서 애정 행각이라니, 일부러 보라고 그러시는 건가요?"

네반이 아람 카를라와 함께 나타났다.

성인 인정식은 아람 카를라에게 【성인】의 증거를 받는 의식이기에 아람 카를라가 여기 있는 것은 당연했다.

네반은 여전히 아람 카를라를 수행하고 있는 듯했다.

"뭐, 그렇지."

"부럽네요."

네반의 놀림을 적당히 넘겼다.

그리고 은근슬쩍 사인을 보냈다.

지난번 회의 때 로마룽그 공작이 썼던 것과 같은, 알반 왕국의 귀족이 익히는 사인. 단둘이 이야기하고 싶다는 내용이었다.

이에 승낙하는 사인이 돌아왔다.

네반에게는 그 얘기를 해 두고 싶었다.

◇

성인 인정식의 순서를 들은 후, 잠깐 여유 시간이 생겼기에 커다란 제사 도구와 대량의 짐에 의해 만들어진 사각지대에 몸을 숨겼다.

여기서라면 단둘이 얘기할 수 있다.

"혹시 데이트 신청인가요?"

"그런 좋은 얘기가 아니야. ……노이슈 때문에 불렀어."

"그 못난 동생이 또 무슨 짓을 했나요?"

못난 동생. 그게 노이슈에 대한 네반의 인식이리라.

나는 어제 본 노이슈의 모습을 자세히 이야기했다.

"불길한 예감이 들어. 안 좋은 방식으로 후련해진 모습이었어. ……뭔가 터무니없는 짓을 저지를 것 같아서 무서워. 나도 정보망을 이용해서 감시할 거지만, 이쪽은 성질상 전체를 부감하는 데 특화돼서 개인을 쫓기엔 적합하지 않아."

"그렇겠죠. 좋아요. 로마룽그의 첩보부를 움직이겠어요. 하지만 기대하진 마세요. 실은 그 아이가 마족의 손에 떨어진 뒤로 감시는 하고 있어요. 하지만 간단히 따돌리더군요. 뭔가 이상한 능력이 있어요. 평범한 초일류 수준에게는 짐이 무거워요."

로마룽그 기준의 초일류도 따돌리는 건가.

그렇다면……

"내가 직접 감시하거나, 혹은……."

"저나 아버지, 또는 키안 투아하데. 그런 급의 인재가 필요해요."

"로마룽그 공작과 네반은 못 움직이잖아."

"네. 나라의 명운을 좌우할 일이 많이 있으니까요."

"그리고 나는……."

"뭐, 무리겠죠. 【성인】이 되어 버리는 이상, 자유롭게는 움직일 수 없어요."

"그렇다면 아버지인가."

"투아하데에 의뢰하라고, 로마룽그 쪽에서 왕족에게 말해 볼게요. 근데 괜찮겠어요?"

"무슨 의미야?"

"자기 아버지를 사지로 보내는 일이 될 수도 있어요."

마족의 수하가 된 노이슈를 미행한다.

지금까지는 실패해도 피해가 없었다.

하지만 그건 따돌릴 수 있다면 굳이 공격할 필요도 없기 때문이었다.

아버지라면 따돌릴 수 없을 테고, 그렇기에 공격할 필요성이 생기게 된다.

"투아하데의 기술은 알반 왕국을 위해 있어. 우리는 각오가 되어 있어."

"무슨 일이 생겨도 저를 원망하지 마세요."

그걸로 대화는 끝이었다.

내 제안으로 아버지가 노이슈를 감시하게 된다.

……걱정은 되지만, 동시에 신뢰도 했다.

아버지라면 무슨 일이 있어도 정보를 가지고 돌아오는 것을 우선한다. 죽지는 않을 것이다.

◇

성인 인정식의 열기는 엄청났다.

나를 처형할 때보다 더했다.

여신의 축복을 받았다는 옷을 입고, 환호와 선망 속에서 단상에 올랐다.

나를 수행하는 디아의 신비한 아름다움에 넋을 잃는 자가 속출했다.

약 열흘 전에 매도와 돌팔매질을 당하며 걸었던 것과는 천양지차였다.

단상에서는 아람 카를라가 대기하고 있었다.

그 손에는 결혼식 때 신부가 쓸 법한 베일이 들려 있었다.

'호오, 이쪽은 진짜인가.'

확실히 여신의 힘이 느껴졌다.

그뿐만 아니라 신기와 비슷한 특수한 힘이 느껴졌다. ……아마 이건 신기이기도 할 것이다.

나는 아람 카를라 앞에서 무릎을 꿇었다.

"루그 투아하데, 그대가 신에게 선택받은 자임을, 여신의 대변자 아람 카를라가 인정하노라. 그 증거로 이것을."

무릎 꿇은 내 머리에 아람 카를라가 베일을 씌웠다.

폭발적인 환호성이 뒤쪽에서 터져 나왔다. 그건 소리라기보다 충격파에 가까웠고, 환호성에 따라 베일이 흔들렸다.

"지금 이곳에 여덟 번째 【성인】이 탄생했습니다. 루그 투아하데야말로 마족이 가져온 어둠을 몰아낼 존재입니다. 여러분, 기도합시다!"

놀랍게도 환호성은 순식간에 사라졌다.

수만 명의 사람이 동시에 입을 다물더니 눈을 감고 기도했다.

이상한 광경이었다. 이럴 때는 비뚤어진 사람이 일부 있어서 지시를 무시하거나 잡담하기 시작하는 법인데.

여신의 힘이 팽창된 느낌이 들었다.

이 의식은 단순한 형식이 아닌 건가?

수만 명의 기도가 내게 전달되어 힘으로 바뀌었다.

최고의 술을 마신 것처럼 기분 좋게 알딸딸했다.

그리고 신호도 없었는데 다들 동시에 기도를 끝내고 눈을 떠 나를 바라보았다.

"루그 투아하데, 일어나서 말하십시오."

나는 일어나서 몸을 돌렸다.

말은 자연스럽게 나왔다.

"무수한 기도를 받았습니다. 이 기도를 힘으로 바꿔 어둠을 물리치겠습니다."

아까보다 더 큰 환호성이 일었다.

공간이 열광에 휩싸였다.

그런 가운데, 단 한 사람에게 시선이 갔다. 수만 명의 관중 속에 있는 단 한 사람에게.

노이슈였다.

노이슈는 해맑게 웃으며 작게 손을 흔들더니 뒤돌아 자리를 떴다.

평범한 동작이었다. 교실에서도 여러 번 봤다.

……그런데 왜일까.

그런 흔한 행동이 특별해서 다시는 볼 수 없을 것 같았다.

Episode9

제
9
화

암
살
자
는
학
원
으
로
돌
아
간
다

The world's
best
assassin, to
reincarnate
in a different
world
aristocrat

축제가 끝나자, 노이슈는 실종됐다.

축제 때 보였던 그 태도로 추측건대 그때 이미 사라질 작정이었으리라.

막았어야 했다…… 아니, 무슨 말로도 막을 수 없었을 것이다.

실종되고 며칠 후, 노이슈로 추정되는 인물이 정보망에 걸려서 로마룽그 공작가가 움직였고, 왕가가 명령을 발령. 아버지가 그곳으로 향했다.

'아버지가 노이슈의 꼬리를 잡는다면 다음 수를 쓸 수 있어.'

그 전에는 움직일 방도가 없었다.

나는 찜찜한 마음으로 학원에 돌아갔다.

내가 【성인】이 됐다는 소문은 학원에도 퍼져서, 가뜩이나 학원에서 눈에 띄는 존재였던 것이 더 악화됐다. 그런 사정도 있는지라 오늘처럼 방에 틀어박히는 일이 많아졌다.

"저기, 루그 님. 편지가 잔뜩 왔어요."

"……표면상으로는 학원에 집안일을 끌고 오지 않기로 되어 있는데 말이지."

학원에서는 귀족 간의 상하 관계나 굴레가 일절 관계없다고 되어 있지만, 완전히 없는 셈 칠 수는 없었다.

오히려 그걸 핑계로 접근하는 자가 많았다.

편지는 대부분 다과회 초대였다. 나와 연줄을 만들고자 하는 의도가 훤히 보였다.

더 직접적으로 혼담을 넣는 자까지 있었다.

"너무하네. 우리가 약혼했다는 거, 제대로 발표했는데."

디아가 언짢은 듯 뺨을 부풀렸다.

우리의 약혼은 정규 절차를 따라 지역 대표에게 보고되었고 귀족 사회에 알려졌다.

【성기사】로서 마족을 토벌한 내 약혼은 주목도가 높아 순식간에 귀족 사회에 퍼졌다.

"약혼했을 뿐, 결혼한 건 아니야. 귀족의 약혼은 간단히 뒤집혀. 그리고 너희는 신분이 낮아. 고위 귀족은 지금이라도 약혼을 뒤엎을 수 있고, 관대하게도 너희를 첩으로 인정해 주겠다는…… 그런 마음이겠지."

디아는 백작가 출신이지만, 그 신분은 숨기고 있었다.

지금 디아는 남작가의 영애일 뿐이다.

다른 귀족들이 보기에 나는 그런 의미에서도 노려 볼 만했다.

"무례한 애기야."

"맞아. 그리고 디아, 타르트, 이전보다 더 주위를 경계해. 지금까지는 나와 혈연관계가 되면 왕족과의 연줄이 강해진다는 정도의 인식이었지만, 내가 【성인】이 되었으니 교회와의 연줄과 여신의 축복을 얻어 권세를 잡고자 하는 족속이 나타날 거야. 방해되는 약혼자를 실력으로 제거하는 일도 충분히 일어날 수 있어."

그런 사건은 얼마든지 전례가 있었다.

"걱정하지 마. 우리를 이길 수 있는 인간은 그렇게 많지 않아."

"네. 루그 님에게 많이 단련받았고, 힘도 받았어요!"

디아는 마법 천재다. 그리고 타르트는 재능은 없어도 믿기 힘든 노력가이며 투아하데의 영재 교육을 받았다.

그런 두 사람이 【나를 따르는 기사들】로 한층 더 힘을 얻었다.

과장 없이, 이 나라에서 열 손가락 안에 들 만한 실력이 있었다.

"아무리 강해져도 사람은 허를 찔리면 취약해. 나는 그렇게 빈틈을 노리는 데 특화되어 있기에 잘 알아."

"그렇지. 응, 조심해야겠다. 하지만 잊지 마. 그 빈틈을 노리는 데 특화된 교육을 나도 받았어."

"맞아요. 공격 방식을 알면 어떻게 수비해야 하는지도 알 수 있죠. 가장 효과적인 건 루그 님과 줄곧 함께 있는 거예요."

"그렇지. 단독 행동은 되도록 피하자."

혼자가 되지 않는다.

단순하지만 가장 효과적인 방법이다.

"아, 손님이 왔네요."

문에 설치된 벨이 울렸다.

타르트가 손님을 맞이했는데 그 손님은 예상치 못한 사람이었다.

"미안, 루그랑 할 얘기가 있어."

용사 에포나였다.

사복이지만 역시 남자 옷을 입고 있었다.

"그럼 저는 다과를 준비할게요."

"그게, 배려는 기쁘지만, 루그와 단둘이서 얘기하고 싶어. 중요한 얘기야."

깊은 고민에 잠긴 얼굴이었다.

"알았어. 밖으로 나가자."

웬만하면 나랑 같이 있으라고 방금 말한 참이라서 모양새가 좋지 않았다.

하지만 에포나를 내버려 둘 수는 없었다.

"고마워. 시간은 그렇게 많이 안 뺏을 거야."

그녀는 허리에 검을 차고 있었다.

주의 깊게 관찰하니 에포나가 전투 태세임을 알 수 있었다.

……나를 처리하려는 건가? 아니, 그렇진 않을 거다. 싸울 작정이지만 살기는 없었다.

에포나는 그저 강하기만 한 아마추어다. 살기까진 숨기지는 못한다.

의문스럽게 여기면서도 나도 에포나를 따라 검을 찼고, 숨겨 둔 총과 암기의 상태를 확인하고서 밖으로 나갔다.

◇

기숙사에 병설된 훈련장.

낮에는 학생들로 북적이지만, 해가 저물면 바로 텅 빈다.

거기서 에포나와 마주 섰다.

"미안. 줄곧 말하지 않은 게 있어."

나는 묵묵히 에포나의 말을 기다렸다.

"노이슈는 한참 전부터 인간이 아니었어……. 나는 그걸 알 수 있는 스킬이 있어. 알면서도 말을 안 했어."

에포나가 눈물을 글썽거리며 참회했다.

"왜 알면서 말을 안 했어?"

"……인간이 아니었을 뿐, 여전히 노이슈였으니까. 배려심 있고, 노력가고, 멋 부리는, 내 친구인 채였으니까. 말하면 내가 죽여야 해. 말할 수 없었어."

에포나는 떨리는 손으로 검을 잡았다.

"노이슈는 강해졌어. 나보다 훨씬 약했는데. 다른 사람들보다 강해졌어. 분명 노이슈를 죽일 수 있는 사람은 나와 루그뿐일 거야."

"그런가……. 마음은 이해해. 친구를 죽이고 싶은 사람은 없어. 실은 나도 알고 있었어. 눈치챈 게 아니라 그 녀석이 먼저 자랑했어. 새로운 힘을 얻었다면서."

에포나는 그건 상상하지 못했는지 깜짝 놀란 표정을 지었다.

"루그는 왜 말을 안 했어?"

"노이슈를 괴물로 만든 마족과 그런 약속을 했으니까."

"……루그는 인류를 배신한 거구나."

희미한 살기가 흘러나와 내 살갗을 찌르기 시작했다.

"아니야. 거래를 했어. 그 마족은 다른 마족을 치우고 싶어 했어. 내가 그 녀석들을 처리할 수 있게 정보를 제공했지. 그 정보가 없었다면 이기지 못했을 마족도 있었고, 구하지 못했을 생명도 있었어. 그 녀석의 정보가 있었기에 늦지 않은 싸움도 많아."

에포나의 살기가 수그러들었다.

"그런 마족이 있다니……."

"네가 아는 건 돼지 마족과 성도에서 만난 인형 마족뿐이지? 마족도 성격이 다양해. 힘을 과시하는 녀석, 겁이 많아서 도망쳐 숨는 녀석, 지배욕이 높아 교황 행세를 하는 녀석, 인간의 문화를 좋아하여 즐기는 녀석."

"……그런 건 알고 싶지 않았어."

"단순한 괴물이 아니면 못 죽여?"

대답은 없었다.

하지만 그 침묵은 긍정과 같았다. 재촉하지 않고 답을 기다리자 에포나는 각오를 다진 얼굴로 입을 열었다.

"죽이고 싶지 않아. 하지만 못 죽이는 건 아니야. 내게는 약속이 있어. 인류를 지키는 검이 되어야 해."

예전에 에포나를 이끌었고, 트라우마가 되어 버린 여기사.

신경 쓰여서 조사해 보니 그 기사에겐 부자연스러운 점이 몇 가지 있었다. ……아마도 전생자일 것이다.

그 여신이라면 순수한 전투력으로 용사를 어떻게 할 수 있으리라고 여기진 않았을 거다. 그래서 세계 최고의 교사를 생각해 내지 않았을까. 교육으로 용사의 고삐를 잡고자 했다.

그리고 실패하여 에포나를 궁지로 몰았다.

"할 얘기는 그게 다야?"

"아니. 너한테 부탁이 있어."

에포나가 검을 뽑았다.

"나는 약해졌어. 점점 약해지고 있어. 나랑 같이 훈련해 줄 사람은 없고, 왕도에 구속되어 마족이나 마물과도 싸우질 못하니까. 이대로 있으면 실력이 죽을 거야. 이런 나는 소중한 것을 지키지 못해."

오크 마족에게 습격받아 학원이 짓밟히기 전까지 에포나를 제대로 상대할 수 있었던 사람은 나뿐이었다.

"소중한 것을 지키지 못하니까. 정말로 이유는 그것뿐이야? 그저 분풀이를 하고 싶은 건 아니고?"

에포나가 가진 스킬 중에 그런 게 있었다.

에포나가 싸움의 흥분으로 성격이 변모하기도 하는 것은 그 탓이었다.

그리고 그건 싸워서 흥분하지 않아도, 불만이 쌓이면 언젠가 폭발한다.

"응, 맞아. 이대로 있으면 폭발할 것 같아. 노이슈는 나를 막는 억제제였어. 노이슈가 없는 지금, 언제 폭발할지 몰라. 그러니까 싸

121

워 줘. 루그라면 안 죽잖아?"

자, 어떻게 해야 할까.

에포나가 말한 대로 노이슈는 그녀를 지켰었다. 용사인 에포나에게 쏟아지는 온갖 스트레스를 받아넘기고 처리하여, 나름의 방식으로 에포나를 도왔다.

공작가 사람이며 우수한 노이슈였기에 가능했던 일이다. 이건 나도 흉내 낼 수 없다. 노이슈는 주변의 강자를 보고 열등감에 사로잡혔지만, 그만의 강점은 얼마든지 있었다.

노이슈가 사라지면 에포나는 스트레스에 직접 노출된다.

그녀가 폭발하면 주변에 미칠 피해는 크다. 내가 아는 사람이 휘말릴 가능성도 있다. 그러니 스트레스 해소를 도와줘야 했다.

……핑계는 이 정도지만.

솔직히 말해서 나도 싸우고 싶었다.

에포나는 나와 헤어진 뒤로 약해졌다고 했지만, 나는 반대로 강해졌다. 단련했고, 다양한 무기를 얻었고, 마법도 늘렸다.

이 괴물에게 얼마나 가까워졌는지 시험해 보고 싶었다.

"좋아. 다만 에포나가 싸우기에 여긴 너무 좁네."

기숙사의 안뜰에 있는 훈련장은 어디까지나 인간끼리 싸우는 것을 전제로 설계되었다.

에포나 같은 규격을 벗어난 괴물이 날뛰는 것은 상정하지 않았다.

"응, 그러게. 동쪽에, 산이었던 곳으로 가자. 네 신기한 마법으로 허허벌판이 된 곳 말이야. 여전히 그대로야."

"그거 좋네."

이건 허세였다. 암살자로서는 장애물이 많고 걷기 힘든 지형이 좋지만, 배부른 소리는 할 수 없었다.

에포나가 뛰기 시작하기에, 나도 그녀 뒤를 쫓았다.

달리며 생각했다.

에포나를 죽이지 않고 세계를 구하는 방법을 고민하고 있다. 하지만 만일의 사태가 벌어질 수도 있었다. 에포나를 죽여야만 세계를 구할 수 있는 상황에 처할 가능성은 버릴 수 없었다.

만약 그렇게 되면 나는 에포나를 죽일 거다. 물론 다른 가능성이 없을지 끝까지 찾아본 뒤에.

……잃고 싶지 않은 것이 이 세계에 너무 많이 생겼다. 에포나를 친구로 여기지만, 그 이상으로 약혼녀들을 지키고 싶다.

얼마나 진짜 실력을 내야 할까.

에포나의 힘을 올바르게 알고, 내 힘이 얼마나 통할지 알아야 한다. 하지만 무엇을 보여 주고 무엇을 숨길지는 정해야 했다.

용사에게 한번 보여 준 카드는 두 번 다시 통하지 않으니까.

Episode10

제
10
화
━
암
살
자
는
용
사
에
게
도
전
한
다

The world's
best
assassin, to
reincarnate
in a different
world
aristocrat

아무도 없는 황야. 나와 에포나는 그곳에서 마주 섰다.

역시 시야가 너무 탁 트여서 불리했다. 얼마든지 몸을 숨길 수 있는 숲을 지나 여기까지 왔다는 점이 그나마 다행이었다. 이거라면 싸울 방법이 있다.

"우리는 죽고 죽이는 싸움을 하고 싶은 게 아니야. 규칙을 정하자. 시합 시간은 1분. 항복하거나 기절, 혹은 팔이나 다리가 부러지면 끝. 시간이 초과되면 무승부야."

"응, 그거 좋다. 루그라면 1분 정도는 내 진짜 실력을 받아 줄 수 있지?"

에포나와 싸우는 것의 디메리트. 그건 바로 【나를 따르는 기사들】을 잃을 수도 있다는 것이었다. 물론 목숨도 위험했다.

이건 원래 에포나의 스킬이다. 최대 세 명에게 자신의 스킬을 빌려주고 힘을 일부 준다.

단, 결투에 패배하면 기사답지 않다고 여겨져서 스킬을 박탈당하며, 받았던 힘을 잃는다.

그건 곤란하다.

그렇기에 제한 시간을 설정했다.

1분을 버티면 무승부이니 패배가 아니게 된다.

고작 1분이지만, 상대가 에포나라면 너무나도 긴 시간이다.

디메리트를 생각하면 싸워선 안 되겠지만, 현재 전력이 얼마나 차이 나는지 피부로 느끼는 것은 그 디메리트를 감수할 가치가 있는 일이었다.

"노이슈는 바보야. 용사의 억제제라니, 충분히 세계 평화에 공헌하고 있었는데……. 아무것도 못 한다고 단정 짓고 열등감에 사로잡혀서."

노이슈가 옆에 없었다면 에포나는 진즉에 이상해졌을 거다.

그는 틀림없이 세계 평화에 필요한 존재였다.

강함이란 점만 보더라도, 노이슈는 나와 네반, 에포나를 보며 열등감에 사로잡혔지만, 비교 대상이 나빴을 뿐이다.

노이슈는 충분히 우수했다. 일반적인 상대라면 압승이고, 규격을 벗어난 실력자보다도 뛰어난 부분은 많았다. 특화형이 아닌 만능형. 그런 자신의 강점을 이해하고 그걸 긍지로 여겼어야 했다.

"그 말을 본인에게 해 줬다면 좋았을 텐데. 너한테 인정받고 싶다고 에둘러서 말했었어."

"……다음에 만나면 확실하게 말할게."

검을 뽑았다.

이건 미끼였다. 내가 잘 쓰는 무기는 단검과 총이다.

디아와 개발한 새로운 마법을 썼다.

【뇌속(雷速)】.

· 체내 전류를 강화하여 반응을 초고속화하고 신체 능력을 향상시
킨다.

　효과는 무시무시하지만, 몸에 막중한 부담을 준다. 【초회복】으로
치유하며 쓰지 않으면 금방 움직일 수 없게 된다.

　【초회복】이 있어도 회복이 뒤처져서, 제대로 싸울 수 있는 시간
은 1분을 조금 넘기는 수준이었다.

　즉, 제한 시간이 1분이라면 그 약점은 신경 쓰이지 않는다.

　그리고 목에 약을 주입했다. 이것도 반사 속도를 높이기 위한 조
치였다.

　어떻게 해도 에포나의 속도는 따라잡을 수 없다. 그래도 싸우려
면 반응 속도로 메꿀 수밖에 없었다.

　이렇게까지 해야 비로소 용사의 움직임을 쫓아갈 수 있다.

　그리고…….

　"【풍순개주(風盾鎧走)】."

　즐겨 쓰는 바람 갑옷의 마법을 사용했다.

　공격을 받아넘기는 방패가 되면서, 때로는 압축된 바람을 풀어
추진력으로도 쓸 수 있는, 방어와 기동력을 모두 확보하는 마법이
었다.

　"루그, 준비됐어?"

　"언제든 괜찮아. 덤벼, 용사."

　내가 손을 까딱이자 에포나가 웃었고 싸움이 시작됐다.

◇

에포나가 돌격해 왔다.

밟힌 지면이 폭발했다.

소리가 없었다. 아니, 소리가 도달하기도 전에 에포나가 눈앞에 나타났다.

소리를 뛰어넘는 속도.

하지만 간신히 보였다.

체내 전류를 강화하는 마법과 약물 덕분이었다.

최소한의 움직임으로 피했다. 아니, 최소한으로 움직일 시간밖에 없었다.

에포나가 눈앞을 지나간 후, 보이지 않는 해머에 맞아 몸이 날아 갔다.

'소닉 붐인가.'

음속을 돌파할 때 일어나는 현상으로, 밀려난 공기가 충격파가 되어 주위를 유린했다.

에포나가 몸을 돌려 돌아왔다.

【풍순개주】로 만든 갑옷을 일부 풀어 공중에서 추진력을 얻어서 피했고, 또 몸이 날아갔다.

아슬아슬하게 낙법을 취했다. 하지만 낙법에 쓴 오른팔에 금이 갔다.

'건드리지도 못하네. 하지만 그건 문제가 안 돼.'

여전히 엄청난 속도지만, 이번에는 꽤 거리가 벌어졌다.

이 정도면 공격할 수 있다.

마법을 쓸 시간은 없었다. 크게 피할 시간도 없었다. 하지만 총을 뽑고 방아쇠를 당길 시간은 있었다.

일류 거너는 0.2초 만에 총을 들어 조준하고 방아쇠를 당긴다.

전생의 내 한계가 0.2초였다. 지금 나는 마력으로 신체 능력을 강화했고, 게다가 마법으로 반사 속도를 향상시켰다. 인류 최고 속도인 0.2초에서 0.1초를 더 줄였다.

이 정도면 늦지 않는다!

3점사. 확실하게 사냥감을 끝장내기 위한 사격. 마력으로 강화했음에도 불구하고 팔이 부러질 것 같았다.

이 권총은 위력을 중시한 대구경이었다. 그 대구경에 쓰는 탄환에는 팔석 파우더를 총이 망가지지 않는 선까지 최대한 넣었다.

그 초속(初速)은 1020m/s. 음속의 약 세 배. 대물 저격총마저 능가한다.

내가 생각할 수 있는 최고의 반동 억제 기구를 탑재했는데도 반동을 완벽히 없애지 못해, 흔들리려고 하는 총구를 강화한 신체 능력으로 억지로 억제하려다 보니까 충격이 직통으로 전달되어서 무사했던 왼팔까지 뼈에 금이 갔다.

"루그, 제대로 싸워!"

에포나는 대전차 라이플을 넘어서는 위력이 담긴 3점사를 피하지도 않고 똑바로 돌진하며 이마로 탄환을 튕겨 냈다.

……말도 안 돼.

파괴력은 피아의 속도로 정해진다.

음속을 넘어선 속도로 돌격해 왔으니 그 속도만큼의 위력도 가산되었을 터다.

그런데 멀쩡했다.

남은 탄환을 전부 썼으나 모두 튕겨 날아가며 코앞까지 접근하는 것을 허락하고 말았다. 에포나의 주먹이 배에 꽂히기 직전에 바람 갑옷을 추진력으로 바꾸고 뒤로 힘껏 뛰어서 충격을 줄이려고 했으나, 그녀의 주먹이 너무 빨라서 따라잡혔다.

우두둑우두둑 소름 돋는 소리가 울리며 몸이 날아갔다.

"어라, 이 감촉……? 뼈가 아니네! 재밌다!"

에포나가 신기하다는 듯 고개를 갸웃하고 웃었다. 대조적으로 나는 무릎을 꿇고서 핏덩어리를 토했다.

방금 부러진 것은 내 뼈가 아니라 방탄조끼의 프레임이었다.

과도한 충격을 받으면 아예 부러져서 충격을 줄이는 시스템이었다.

반칙일 정도로 가볍고 튼튼한 마물의 뼈를 사용하여 3톤 트럭이 전속력으로 달려와도 버틸 수 있도록 설계한 방탄조끼가 한 방에 망가졌다.

만약 이걸 입지 않았다면 갈비뼈 대부분이 부러졌을 것이다.

공중에서 마법을 영창하여 다시 【풍순개주】를 휘감았다.

그런 나를 향해 에포나가 곧게 손을 들었다.

"【화구(火球)】."

불 계통, 그중에서도 초기에 배우는 마법이었다. 평범한 마력 보유자가 쓰면 주먹만 한 불덩이를 만들어 낼 뿐이다.

하지만 그것도 용사가 쓰면 딴판으로 바뀐다.

엄청난 열량으로 인해 불은 플라스마로 변해 레이저포처럼 초고속으로 날아왔다.

【두루미 혁낭】에서 지향성 폭탄으로 개량한 팔석을 꺼내 던졌다.

공중에서 미스릴 채프를 뿌리며 폭발.

미스릴 채프에 닿은 플라스마가 분산되면서 난반사되어 주위로 빗나갔다.

어떻게든 막긴 했지만, 문제는 이게 에포나의 필살기가 아니라 단순한 초급 마법일 뿐이라는 점이었다. 그렇다면 당연히―.

"【화구】."

곧장 다음 마법을 날릴 수 있다.

채프를 거의 다 증발시킨 플라스마가 나를 관통하며 내 모습이 일그러졌다.

관통한 건 내 그림자였다.

바람 마법으로 빛을 굴절시켜 만들어 낸 환영.

원래는 햇빛이 없는 밤에 쓸 만한 마법이 아니었다.

하지만 플라스마 때문에 주위가 밝아진 지금이라면 가능했다.

아까 채프로 플라스마를 확산시켰을 때, 환영이 온전히 투사되도록 계산해서 던졌다. 아무리 용사가 빨라도, 인식하지 못한 곳에 몸을 숨기면…….

'잡았다.'

목소리를 내는 미스는 범하지 않았다.

소리도 냄새도 지우고, 사각지대에서 에포나의 목을 향해 힘껏 단검을 휘둘렀다.

둔탁한 소리가 났다.

뼈가 부러진 소리였다.

그 소리는 내 손목에서 났다. 에포나가 너무 단단해서, 온 힘과 체중을 실은 일격의 충격이 전부 내 손목으로 돌아온 결과였다. 금이 갔던 오른팔은 아예 못 쓰게 됐다.

너무 아파서 소리를 지르고 싶었지만 그럴 여유도 없었다. 에포나가 주먹을 휘두르며 뒤돌았다.

간발의 차이로 피했다. 아니, 살짝 스쳤다. 그렇게 인식했을 때, 몸이 회전하며 날아갔다.

마치 내가 탄환이 된 것 같았다.

수십 미터나 날아가고 나서야 겨우 멈췄다.

옷은 해지고 피부는 벗겨져서 처참한 꼴이었다. 회전한 탓에 반고리관이 제 기능을 못 했다. 방향 감각이 완전히 이상해졌다. 일어날 수 없었다.

에포나를 찾아야 하는데…… 아니―.

본능만으로 굴렀다.

내가 있던 곳에 크레이터가 생겼다. 에포나가 상공에서 짓밟듯이 발차기를 날린 탓이었다. 대지가 폭발하며 몸이 또 날아갔다.

마침내 방향 감각이 돌아왔다.

'아무리 결투라지만 과하잖아!'

저걸 맞았다면 얼굴이 뭉개졌을 것이다.

그렇다면 나도 과하게 대응하자.

고맙게도 방금 몸이 날아가면서 거리가 생겼다.

그리고 기적적으로 에포나의 위치는 미리 준비해 둔 포인트였다.

"【일제 포격】."

에포나가 지금 있는 장소. 그곳은 결투가 시작되기 전에 정해 둔 킬링 포인트였다.

여기 오는 길에 에포나를 따라 걸으며 마법을 구사하여 【두루미 혁낭】에서 대포를 꺼내 배치해 뒀다.

평범한 공격으로는 대미지를 줄 수 없다.

에포나를 상대하며 큰 기술을 쓸 틈 같은 건 만들 수 없다.

하지만 함정을 설치한다면 얘기가 다르다.

전장은 탁 트인 황야지만, 나는 암살자에게 불리한 전장에서 계속 싸워 줄 만큼 착하지 않다.

처음부터 이곳으로 유도했다. 몸을 숨길 수 있고 함정을 숨길 수 있는 숲으로.

전방위에서 에포나를 향해 【포격】이 쏟아졌다.

수차례 폭음이 중첩되며 파괴의 여파로 흙먼지가 일었다.

파괴력은 새어 나갈 곳이 없을수록 강해진다.

나는 아까부터 몇 번이나 날려졌지만, 받은 에너지를 운동 에너지로 바뀌기에 날아간 것이다.

이상적인 공격은 전방위에서 동시에 같은 양의 힘을 가하여 모든 힘을 빠짐없이 대상에게 전하는 것이었다.

……이 함정을 설치하느라 고생했다. 이상적인 배치를 계산해 내더라도, 그걸 반드시 원하는 장소에 설치할 수 있는 것은 아니다.

아무리 마법을 잘 구사해도 에포나에게 들키지 않고 설치할 수 있는 타이밍은 한정되어 있으니까.

타협과 재계산의 연속이었다. 그 결과, 이상적이라고 할 수는 없어도 충분한 살상력을 가진 배치를 완성했고, 당하는 척하며 그곳으로 유도했다.

"개량을 거듭해 최대 위력을 끌어올린 전방위 【포격】. 계산상의 위력은 【신창】조차 능가하지만……."

조금도 방심하지 않고 탐색 마법을 구사하여 에포나를 찾았다.

발견했다. 움직이고 있었다. 아니, 이쪽으로 돌진해 왔다.

반응하려고 했지만, 몸이 납처럼 무거워서 초동이 늦어졌다. 아까 입은 대미지가 아직 남아 있었나? 아니, 틀렸다. 이건 【뇌속】의 반동이다.

그건 0.1초가 중요한 싸움에서 너무나도 치명적인 손실이었다.

경질화하여 검처럼 변한 에포나의 손톱이 내 목을 찌른다……아니, 찌르기 직전에 멈췄다.

"에이, 아깝다. 1초만 더 있었다면 내가 이겼을 텐데."

"그러게. 딱 1분이야."

에포나가 움직임을 멈춘 것은 1분이 지났기 때문이었다.

"의외네. 이번에는 끝까지 이성을 유지했잖아."

1초 단위로 정확하게 시간을 쟀다.

이성을 잃은 자는 할 수 없는 일이다.

"우연이야. 역시 루그의 【일제 포격】은 위험하다 싶었고, 눈앞이 새빨개져서, 날아오는 포탄에 그 화를 풀었더니 속이 시원해졌어. ……봐, 이 정도로 끝났어."

왼팔이 힘없이 덜렁거리고 있었다.

훌륭하게 부러졌다.

용사에게 한 방 먹일 수 있었던 것이다.

……반대로 말하면, 【신창】급의 일격으로도 죽이기는커녕 팔 하나를 망가뜨리는 게 고작이었다.

더더욱 그녀가 괴물 같아졌다.

만일의 경우에는 죽일 각오가 되어 있지만, 강해진 지금도 어려운 일이라는 걸 통감했다.

'……뭐, 괜찮은 성과야. 지금 에포나가 얼마나 강한지는 확인할 수 있었어. 게다가 패를 숨긴 채로 비등하게 싸웠으니까.'

이번에 싸우면서 쓴 카드 대부분은 오크 마족과 싸울 때 이미 보여 줬다. 비상시에 대비해 준비한 새로운 카드는 드러내지 않았다.

수단을 가리지 않았다면 더 좋은 승부를 펼칠 수 있었으리라.

"미안. 에포나를 상대로 대충 싸울 순 없었어."

"괜찮아, 괜찮아. 이미 나았어. 진심으로 싸워 줘서 고마워. 이 정도는 돼야 나도 기분이 좋고, 또 둔해졌던 몸이 다시 예민해졌어. 그런 기분이 들어."

그렇게 말하고서 이제 괜찮다며 팔을 빙글빙글 돌렸다. —부러졌을 터인 왼팔도.

목숨 걸고 입힌 상처도 바로 회복되는 건가. 내 【초회복】도 이렇게 회복 속도가 터무니없진 않다. 반대로 나는 서 있는 게 고작이었다.

억지로 체내 전류를 가속시킨 대가와 약물의 부작용. 겉보기에는 대미지가 없어도 속은 너덜너덜했다. 신경계에 입은 대미지는 【초회복】으로도 치유가 더디다.

에포나의 마지막 일격을 피하지 못한 것은 강화의 제한 시간을 초과했기 때문이었다.

에포나와 싸우면서 생각보다 더 무리하여 강화 가능 시간이 몇 초 줄어들었던 모양이다.

……테스트할 때는 이런 일이 한 번도 없었다. 에포나급과 싸우느라 무리하면 이렇게 된다는 것을 알아낸 것만으로도 큰 수확이라고 할 수 있다.

"그럼 또 싸우자. 나는 강해지고 싶고, 강해져야만 해."

"약속을 위해?"

"응. 하지만 그게 다는 아니야. 내 스킬 중에 【미래 연산】이라는게 있는데, 뭔가 불안한 느낌이 들어. 그런 애매한 느낌이지만, 약한 채로 있으면 안 된다고 경종을 울리고 있어."

……그건 아람 카를라한테 들은 여신과 마족의 밀담과도 일치한다.

원래 용사는 마왕과 싸우기 전에 마족과 여러 번 싸우면서 강해진다.

그런데 내가 그 기회를 모조리 뺏었다.

첫 번째 마족이었던 돼지 마족과 싸울 때, 에포나는 역대 최고의 용사가 될 소질이 있었다. 하지만 그때 외에는 마족과 제대로 싸운 적이 없는 에포나가 지금도 역대 최강의 용사인지는 알 수 없다.

'정보가 부족해.'

에포나가 약한 채여도, 이대로 마족을 전부 해치우고 마왕의 부활을 저지할 수 있다면 아무런 문제도 없다.

하지만 만약 마왕의 부활을 막을 방도가 없고, 예전에 여신이 말했던 대로 마왕을 쓰러뜨릴 수 있는 것이 용사뿐이라면.

—내가 지금까지 한 행동은 세계를 지키는 것이 아니라 세계를 부수는 행동이 된다.

그런 거라면 책임을 져야 한다. 나의 세계를 지키기 위해.

제
11
화
─
암
살
자
는
여
신
과
재
회
한
다

The world's
best
assassin, to
reincarnate
in a different
world
aristocrat

깨어나니 하얀 방에 있었다.

……아니, 깨어나진 않았다. 이건 꿈이다.

또 이곳으로 불려 왔나.

이미 여러 번 경험했기에 놀랍지도 않았다.

"여신인가."

"네~ 오랜만이죠~! 여신이에여, 에헤헷!"

"……또 캐릭터를 바꿨나. 정신없으니까 하지 마."

"칫, 변함없이 차갑네요. 역시 얼음의 암살자."

"옛날 이름을 꺼내는군."

"얼레리꼴레리~ 중2병 걸린 별명이래요♪."

전생의 나는 여러 이명을 가지고 있었다.

내 얼굴과 본명을 아는 것은 조직의 상층부 뿐이라서, 정체불명의 뛰어난 암살자라는 존재만이 암흑가에 퍼진 탓이었다.

끝내는 누가 했는지 알 수 없는 초고난도 암살은 전부 내가 했다는 말이 나오던 시기도 있었다.

소문에 살이 붙는 걸 넘어 꼬리와 날개까지 붙어서 골치가 아팠다.

"빨리 용건을 말해."

"아무것도 없어요. 그저 불렀을 뿐이에요. 에헴."

"이해가 안 되는데…… 아니지, 부른 것 자체가 메시지인가."

"오! 역시 대단해요. 똑똑한 아이라서 살았어요. 최근 리소스가 너무 빠듯해서 여기로 부르는 것만으로도 벅차거든요. 조언 한마디 하기도 어려워서 여신은 힘들어요. 적자가 되면 다른 곳에서 리소스를 끌어올 수밖에 없고, 그러면 세계의 어떤 기능이 망가져서 마구 지장이 생기니까요~."

태연하게 아주 무서운 말을 한다.

"그 리소스 부족은 마족과 뭔가 수상한 일을 꾸민 탓 아닌가?"

"아이참~ 대답할 수 있을 리가 없잖아요~."

"리소스를 잡아먹으니까?"

"그럼요. 세계에 간섭하는 건 그만큼 중대한 일이에요. ……뭐, 당신은 눈치채고 있기에 말할 수 있는데, 전생자가 당신뿐이라고 한 건 새빨간 거짓말이에요. 그리고 당신 말고는 전원 실패했어요. 세계 최고의 암살자 씨, 당신은 틀림없이 세계의 중심에 있어요. 당신의 행동이 세계의 운명을 좌우해요. 거기까지 다다른 사람은 당신뿐이에요. 하지만 그런 탓에 당신에게 간섭하는 데 드는 리소스가 엄청나져서 성질이 난다니까요."

"잘 만들어진 시스템이야."

"맞아요. 세계에 영향력이 없는 잔챙이한테 아무리 간섭한들 역시 세계는 바뀌지 않아요. 세계를 바꿀 수 있는 아이에게 간섭하려면 리소스가 들어요. 그런고로 세계의 희망인 당신! 나머지는 부탁할게요."

하얀 방이 무너져 갔다.

정말로 그저 불렀을 뿐이었다.

하지만 나는 그 메시지를 확실하게 받았다.

◇

이번에야말로 깨어났다.

"루그 님, 몸은 좀 어떠세요?"

이미 교복으로 갈아입은 타르트가 걱정스레 내 얼굴을 보고 있었다.

여전히 그녀에게는 교복이 잘 어울렸다.

"걱정했어. 어제 너덜너덜한 모습으로 돌아와서 그대로 기절하듯 잠들었잖아. 죽은 거 아닌가 했어."

"에포나와 모의전을 벌였거든……. 역시 용사는 강해."

"당연하지. 규격을 벗어난 괴물이라는 걸 루그가 가장 잘 알잖아?"

"맞아, 그렇지."

나는 내 몸을 체크했다.

【초회복】 덕분에 거의 나은 상태였다. 내 회복력은 보통 사람의 백수십 배, 반나절 정도 자면 석 달 치 치유가 된다.

석 달이면 골절도 낫는다.

어제 금이 갔던 갈비뼈와 오른쪽 손목, 양팔의 뼈는 완치. 파열됐던 근육과 혹사해서 상했던 신경계도 정상이다.

문제는…….

"꽤 고생해서 만들었는데."

옷 속에 입었던 방탄조끼.

웬만한 참격은 특수한 코팅에 미끄러져서 무효화되는 대참격 성능.

그리고 지중룡 마족의 피막으로 탄력 있는 젤을 감싸고, 과부하가 가해지면 부러져서 충격을 줄이도록 프레임을 짜서 3톤 트럭에 치여도 버틸 수 있는 물건이었다.

그게 완전히 파괴되었다. 이것 덕분에 목숨을 건졌다고는 하지만, 다시 만들어야 한다고 생각하니 우울했다.

"루그, 진정하고 들어. 그것만 망가진 게 아니야."

"루그 님이 주무시는 동안 장비를 체크했어요. 총도 총열이 어그러졌고, 이너도 넝마가 됐어요. ……만약에 대비해 만든 시험용 부적도요."

"……현실 도피를 하고 싶어지네."

직격은 대부분 피했지만, 충격파 때문에 여러 번 날아갔다. 그 탓에 숨겨 뒀던 장비를 몇 개 못 쓰게 된 듯했다.

"저도 수리하는 거 도와드릴게요!"

"어쩔 수 없지. 나도 도울게."

"감사히 호의를 받아들일게. 슬슬 두 사람의 장비도 다시 만들고 싶었으니 마침 잘됐나. 수복으로 끝내는 게 아니라 개량도 하자."

원래부터 두 사람에게는 전생의 지식을 구사한 장비를 만들어

줬다.

총은 물론이고, 방검 이너와 특수 합금 단검 등.

그것들을 능가하는 물건을 만들려면 기술 혁신보다도 더 뛰어난 재료가 필요했다.

다행히 마족이라는 괴물을 여러 번 쓰러뜨렸다.

마족의 강함은 육체의 강함에서 기인하는 바가 크다. 재료 공학으로는 설명할 수 없는, 말도 안 되게 우수한 재료가 될 수 있다.

쓰러뜨린 마족은 파란 입자가 되어 사라지지만, 강한 존재의 힘이 남은 일부 부위가 소멸되지 않고 남을 때가 있었다.

나는 지금까지 쓰러뜨린 마족의 신체를 회수하여 보관해 두고 있었다.

"아! 그거 재밌겠다."

"저도 기대돼요."

두 사람도 흥미를 보였다.

"그럼 오늘은 훈련은 가볍게 끝내고 장비를 만들자."

수업 중에 설계해 둬야겠다.

오늘 있는 수업이라면 다른 일을 하면서도 대응할 수 있을 것이다.

◇

방과 후, 일련의 훈련을 끝내고 공방으로 이동했다.

"있지, 루그. 어떻게 1학년이 공방 같은 걸 가지고 있는 거야?"

"뭐, 이런저런 사정이 있어. 필요해서 마련해 달라고 했어."

이곳의 학원장은 암살 귀족의 협력자라서 잘 교섭하면 편의를 봐줬다.

"현재 공격력은 충분……하다고 단언할 순 없지만, 어떻게든 돼. 방어력을 더 높이고 싶어. 아무리 강해도 불의의 공격으로 즉사할 수 있어."

"나는 특히 그렇지. 영창 중에 꽤 무서울 때가 있어."

전투 중에 마법을 쓰는 마력 보유자는 별로 없다.

영창 중에는 방어력이 떨어지기 때문이다.

마력 보유자가 강한 것은 마력으로 신체 능력과 방어력을 강화하기 때문이다.

그저 마력을 방출하며 날뛰기만 해도 일기당천의 활약이 가능하다.

하지만 마법은 술식을 그리고 마력을 담아야 발동한다. 그 성질상 영창을 시작하면 몸을 보호하는 마력이 사라져서 방어력이 일반인과 같아진다.

마법을 전혀 쓰지 않고서 신체 능력만 강화하여 싸우는 것이 가장 확실했고, 그것이 마력 보유자의 정석이었다.

내가 굳이 디아를 그렇게 운용하지 않는 것은 마법을 쓰면 정석을 넘어서는 성능을 발휘할 수 있기 때문이었다. 마법을 전투에 사용하는 이점은 위험성을 웃돈다.

"어려운 문제죠. 신체 능력 강화에 많은 마력을 쓰면 마법의 위력이 격감하고, 마법에 많은 마력을 쓰면 수비가 약해져요."

"응웅, 그래서 사실은 갑옷을 입고 싶지만…… 신체 능력을 강화하지 않으면 제대로 움직일 수가 없으니까."

방어력이 높은 물건은 무겁다.

그건 이 세계의 상식이다.

"루그의 그 부서져서 충격을 줄이는 이너, 우리한테도 만들어 줘."

"금속 갑옷보다는 가볍지만, 역시 두 사람이 입기엔 너무 무거워. 그러니까 갑옷보다 단단하면서 옷보다 가벼운 이너를 만들 거야. ……아니지, 캐미솔을 만들까. 그거라면 평소에도 입을 수 있어. 늘 몸에 걸칠 수 있는 편이 좋겠지."

"아! 캐미솔이라면 평소에도 입을 수 있겠어요."

"나도 기쁠 것 같아. 어제 루그가 말한 것처럼, 우리 진짜로 암살당할지도 모르니까."

이너만큼 얇은 옷으로 대참격성과 내충격성을 양립하기는 어렵다.

아니, 불가능하다고 말해도 좋다.

물리학을 무시하는 소재가 없다면.

"그래서 어떤 재료를 쓰려고?"

"성도에서 싸웠던 인형술사 마족 기억해?"

"잊어버릴 리가 없지."

"아주 성가신 적이었어요."

"그 마족은 많은 사람을 조종할 땐 사념파로 형성한 실을 썼지만, 강자를 강제로 지배할 때는 물리적인 실을 썼어. 그리고 이게 그 실이야."

이 실은 인형술사가 파란 입자가 되어 사라진 후에도 남았다.

이것저것 시험해 봤는데, 탄소 나노 튜브보다도 튼튼하고 가벼운 훌륭한 소재였다.

실험해 봤더니 몇 미크론 수준의 얇은 실로 5톤 중량을 거뜬히 들어 올릴 수 있었다. 믿을 수 없을 만큼 튼튼했다.

"저기, 그 실 한 번 만져 봐도 돼?"

"그래."

"가볍네. 이렇게 뭉텅이로 들어도 무게가 안 느껴져."

"그리고 촉감도 좋아요."

"이걸 꽂고 사념을 보내서 상대를 지배할 수 있도록 마력도 아주 잘 통해. 이걸로 캐미솔을 만들면 가볍고 튼튼하며 마법과의 상성도 좋은 최고의 방어구가 될 거야."

"설렌다."

디아가 좋아했다.

하지만 타르트의 얼굴은 창백했다.

……눈치챘나.

"저기, 이걸로…… 캐미솔을요?"

"그래."

"털실과 달리, 눈에 안 보일 만큼 얇은 실로 캐미솔을……. 살짝 상상했을 뿐인데 무서워졌어요. 완성하는 데 몇 년이 걸릴지…….'

"아니, 역시 손으로 뜨진 않을 거야. 베틀을 만들 생각이야."

"사는 게 아니라 만든다는 게 루그답네."

"어쩔 수 없어. 이 실은 너무 강해서 시판품을 쓰면 기계가 못 버텨."

털실 목도리조차 손으로 뜨면 일주일은 걸린다. 게다가 실이 얇으면 얇을수록 만드는 데 시간이 걸린다.

이렇게 가느다란 실이라면 걸리는 시간은 열 배 이상. 그걸로 목도리보다 면적이 큰 캐미솔을 만든다면 몇 년이 걸릴지 알 수 없다.

"안심했어요. 처음으로 루그 님께 드릴 스웨터를 떴을 때, 한 달이 걸렸거든요."

"작아져서 못 입게 됐지만, 그건 소중히 간직하고 있어."

"그…… 그런 건, 버리셔도 돼요."

"어떻게 버려. 타르트의 마음이 담겨 있는데. 언젠가 아이가 태어나면 입혀 주자."

"아, 아이요……. 저와 루그 님의 아이. 에헤헤헤……."

처음 만든 건데도 잘 만든 스웨터였다. 끝까지 정성을 들이며 대충 하지 않는 타르트이기에 처음인데도 그만한 물건을 만들었을 것이다.

성장해서 못 입게 됐지만, 내 보물이란 점은 변함없다.

"그런 거 좋다~ 나는 루그한테 아무것도 못 만들어 주는걸."

"무슨 소리야? 디아한테는 많은 걸 받았어."

"그런 기억 없는데."

"디아와 함께 만든 많은 마법. 그 모두가 내 보물이야. 디아가 있었기에 만들어 낸 마법들이지. 아무리 감사해도 부족해."

디아는 얼굴을 붉히고서 에헤헤 웃었다.

"응, 고마워해. 마법을 좋아하기도 하지만, 루그를 위해 만든 거기도 하니까."

"알아. 고마워……. 그런 두 사람의 목숨을 지키기 위해서도 열심히 방어구를 만들어야지."

나는 웃고서 마법으로 금속을 만들었다.

재료가 금속이면 편하다.

도면이 있고 부품별로 치수와 형상이 정해져 있다면 그대로 만들면 되니까.

단일 형성이라서 복잡한 것은 못 만들지만, 여러 부분으로 나눠서 조립하면 어떻게든 된다.

"이게 베틀의 도면이구나. 아! 수업 중에 이거 그렸지?"

"이런 걸 그려 내는 루그 님이 무서워요."

전생의 지식 덕분이다.

암살자로서 다양한 인간을 연기하며 타깃에게 접근했었다. 그걸 위해 온갖 지식을 흡수해야 했다.

그렇긴 해도 베틀의 설계도까진 알지는 못했다. 영화 같은 것으로 베틀이 작동하는 영상을 봤었고, 그 동작과 요구되는 기능을 고려해 역산하여 도면을 그린 거였다.

"이 부품을 전부 만들고 조립하는 거지? 우와, 부품이 백 개를 넘어."

"그런대로 복잡한 기구니까."

"굉장하네요. 캐미솔을 만들기 위해, 캐미솔을 만드는 기계를 만들기 위한 부품을 만드는 것부터 시작하다니."

"그렇게 희한한 얘기도 아니야. 원하는 걸 만드는 기계를 만드는 기계를 만드는 기계를 만드는 일도 흔해."

"머리가 아파……."

공업의 숙명이다.

어쨌든 이렇게 셋이서 작업한다면 오늘 중으로 베틀은 만들어질 테고, 베틀이 있으면 반나절 만에 두 사람의 캐미솔을 만들 수 있다.

이렇게 아름답고 투명도가 높으며 탄력 있는 실은 본 적이 없다. 이건 방어구지만, 완성되면 훌륭한 캐미솔이 될 것이다.

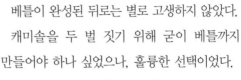

Episode12

제
12
화
ㅣ
암
살
자
는
날
개
옷
을
선
물
한
다

The world's
best
assassin, to
reincarnate
in a different
world
aristocrat

베틀이 완성된 뒤로는 별로 고생하지 않았다.

캐미솔을 두 벌 짓기 위해 굳이 베틀까지 만들어야 하나 싶었으나, 훌륭한 선택이었다.

완성품이 눈앞에 두 벌 있었다.

두 사람 모두 아직 성장기라서 조금 넉넉하게 만들었다. 디아는 그렇다 쳐도, 타르트가 아직 성장 중이란 건 무서운 일이다.

가능하면 여벌도 만들고 싶지만, 인형사의 실은 이제 별로 남아 있지 않았다. 향후를 생각하면 여벌에 쓸 여유는 없었다.

"이거 굉장하다. 뭔가 비쳐 보여."

"……이거, 입는 데 꽤 용기가 필요해요."

디아와 타르트가 완성된 캐미솔을 보고 뺨을 물들였다.

"기습하기 위해서인지 인형사의 실은 눈에 잘 안 보이니까……. 그걸로 만들었으니 이렇게 되겠지."

실 자체가 투명한 것도 생각해 보면 굉장하다.

전생에도 속이 비치는 캐미솔은 있었지만, 그건 극단적으로 얇은 실을 사용하여 성기게

짠 것이지, 실이나 천 자체가 투명한 것은 아니었다.

　방어구로서의 성능을 고려하여 빈틈없이 촘촘히 만들었음에도 불구하고, 투명한 옷은 전생에도 만들 수 없었으리라.

　"이거, 색 같은 건 못 입히려나? 그러면 더 멋질 거야."

　"투명한 건 나도 신경 쓰여서 염색해 보려고 했지만, 무슨 짓을 해도 물이 안 들어."

　나는 두 사람 앞에서 캐미솔에 빨간 염료를 칠했다. 하지만 염료가 튕겨 나왔다.

　여러 염료를 시도하고, 칠하는 게 아니라 담그거나 달구는 등 다양한 수법을 시도했으나 소용없었다.

　"그런가. 그럼 어쩔 수 없지. 응, 생각해 보니까 어차피 옷 속에 입을 거고."

　"그게, 저는 딱히 상관없지만. 디아 님은……."

　타르트가 그렇게 말하자 디아의 귀가 빨개졌다.

　"루그 앞에서 그런 말은 하지 마!"

　"죄, 죄송해요."

　무슨 사정인지 대충 알겠다.

　원래 캐미솔은 속옷 위에 입는다.

　타르트는 발육이 좋아서 브래지어가 필요하지만, 디아는 캐미솔만 있어도 됐다. 맨살 위에 속이 비치는 캐미솔을 입으면 엄청난 일이 벌어진다.

　"그, 뭐냐. 오르나를 통해서 작아도 예쁜 속옷을 찾아볼게."

디아는 가슴이 없진 않다.

조금씩이지만 성장 중이라서 슬슬 B컵이라고 할 수도 있는 수준이었다.

브래지어야 없어도 되지만, 그래도 있는 편이 좋을 것이다.

부드럽고 편한 소재로 만든 것을 마하한테 골라 달라고 하자.

"쓸데없는 참견이야. 갖고 있으니까! 그저 귀찮아서 안 입을 뿐이야. 난 캐미솔이 더 편한걸."

디아는 마법 말고는 의외로 게으른 구석이 있다.

귀족 영애인 만큼 공적인 자리에서는 손끝까지 신경 써서 완벽한 숙녀를 연기하지만, 사생활에서는 편함을 추구했다.

두툼한 옷감으로 만든 캐미솔을 맨살 위에 입는 것도 그녀다웠다.

"갖고 있는 건 알지만, 별로 질이 안 좋고, 사이즈가 안 맞아. ……그, 뭐냐, 눈치 못 챈 것 같은데, 성장하고 있어. 이 기회에 좋은 걸 사는 편이 나아."

"어? 말도 안 돼! 정말?"

민감한 이야기라서 조심조심 꺼냈는데 디아는 눈앞에서 자기 가슴을 주물렀다.

"듣고 보니 그런 것 같아……. 포기했었는데! 루그, 역시 속옷 사 줘. 나중에 사이즈 가르쳐 줄게."

"디아 님은 굉장해요."

타르트의 칭찬은 가슴이 성장한 것에 대한 게 아니라, 그런 말을 당당히 할 줄 아는 것에 대한 것이리라.

"맡겨 둬."

비코네 혈통은 성장이 느리다고 할까, 잘 늙지 않는다.

어머니가 벌써 30대 후반인데도 여전히 젊은 것은 그 혈통 때문이었다. 디아는 그런 어머니와 같은 핏줄이다.

곧 있으면 열일곱 살 생일을 맞이하지만, 육체 나이는 14~15세 정도이리라. 아직 한참 성장할 가능성은 있다.

"그리고."

"응?"

"저번에 변장할 때 쓴 가짜 가슴. 그것도 갖고 싶어!"

"그건 그만둬. 한번 그런 허세를 부리면 평생 그래야 해."

"그건 싫지만……."

디아가 말하는 것은 패드가 들어간 브래지어였다.

이전에 왕도에서 신분을 감추고 파티에 숨어들어야 했을 때, 인상을 바꾸기 위해 그런 물건을 준비했었다.

내가 직접 만든 변장 도구이기도 해서, 전혀 위화감 없이 디아를 거유로 위장하는 퀄리티였다.

그걸 사용하면 거유라고 사람들을 속일 수 있을 것이다. 하지만 어느 날 갑자기 가슴이 작아졌다고 말할 수는 없다. 한번 사용하면 평생 쓰든가, 보정 속옷을 썼다는 게 알려져서 창피를 당하든가, 양자택일이다.

어떤 의미에서 저주다.

"알았으면 포기해."

"루그는 쪼잔해."

"주기 아까워서 그런 건 아닌데……. 아무튼 오늘은 이쯤 하자. 먼저 돌아가."

"루그는 안 가?"

"너희 장비를 우선하느라 결국 망가진 방탄조끼 수리가 안 끝났어. 그걸 끝내고 돌아갈게."

"루그도 캐미솔로 해. 그게 더 편해."

"나는 체력이 있으니까 다소 무거워져도 더 방어력이 높은 걸 입고 싶어."

대참격 성능만 따지면 캐미솔이나 조끼나 큰 차이가 없지만, 내충격 성능은 아무래도 조끼가 만족스럽다.

이건 내 구명줄이다.

항상 옷 속에 입고 싶다.

【성인】이 되고 말았다. 선망뿐만 아니라 질투도 받는다. 자기 세력에 포섭할 수 없다면 제거하겠다는 귀족도 나타난다.

나는 죽기 싫다.

도구가 아니라 사람으로 살면서 겨우 행복을 잡았으니까.

"도와줄게……라고 말하고 싶지만, 오히려 방해되겠지. 응, 먼저 돌아갈게."

"야식을 준비하고서 기다릴게요."

두 사람이 캐미솔을 품에 안고서 돌아갔다.

저걸 입어 준다면 조금은 안심이 된다.

나는 내 걸 만드는 것도 잊고 캐미솔 제작에 빠졌던 게 아니다.

나보다도 두 사람이 노려질 가능성이 컸다.

강한 상대를 잡고자 할 때, 주변 사람을 노리는 건 예삿일이다.

그래서 내 장비보다도 두 사람의 장비를 우선했다.

어떤 세계든 정말로 무서운 것은 일상에 숨어 있는 인간의 악의다.

"자, 그럼 조금 더 힘내 볼까."

개량 계획은 이미 고안해 뒀다.

인형술사의 실을 방탄조끼에도 사용해서 시험해 보자.

◇

무심코 개량에 열중해서 기숙사에는 심야에 돌아갔다.

디아와 타르트는 이미 한참 전에 잠들었을 시간이다.

그랬는데……

"루그 님, 어서 오세요."

"왜 이렇게 늦게 와."

두 사람은 기다려 줬다.

둘 다 원피스 타입의 잠옷을 입고 있었다. 포근한 소재로 만든
넉넉한 잠옷.

무르테우에서 구입한 옷으로 최근 유행이었다. 아주 편하고, 몸
을 조이지 않아서 푹 잘 수 있다고 했다.

"먼저 자도 됐는데."

"뭔가 미안하니까. ……그리고 이거. 루그의 방어구 제작은 도와줄 수 없지만, 루그가 힘내고 있는데 놀 수는 없잖아? 루그를 위해 새로운 마법을 만들었어."

디아에게서 술식이 쓰인 종이를 받았다.

그걸 읽어 봤다.

"……과연. 이건 재밌네. 직접 이 발상에 도달한 거야?"

"언제까지고 루그한테 놀라기만 해서야 천재라고 할 수 없으니까."

디아가 흐흥 콧방귀를 뀌었다.

놀랐다. 정말로.

전생한 나라면 모를까, 이 세계의 주민인 디아가 이런 마법을 만들어 내다니.

편리한 마법은 아니었다. 사용처는 한정적이다. 하지만 잘만 쓰면 궁지에 몰린 상황에서 역전의 한 수가 될 수 있다.

"저는 그런 건 못 만들어서. 평소보다 열심히 청소하고 야식을 만들었어요."

"고마워. 머리를 혹사한지라 달달한 걸 먹고 싶었어."

이번 개량은 산 넘어 산이었다.

뇌가 포도당을 원하고 있었다.

타르트가 만든 컵케이크를 먹었다. 늘 그렇지만 내 취향의 단맛이었다.

게다가 야식이란 점을 고려하여 우유 대신 두유를 사용해 가볍게 만들었다.

타르트보다 요리를 잘하는 사람은 많다. 실력만 보면 나도 타르트보다 뛰어나다.

하지만 타르트보다 내 취향을 잘 아는 사람은 없다.

나보다도 내 취향을 잘 알았다. 타르트가 지금까지 만들어 준 요리가 전부 나를 위한 것이었기 때문이다.

"그리고 답례가 하나 더 있어."

"저기, 디아 님. 정말로 하는 건가요? 루그 님이 기뻐해 주신다면 힘내겠지만."

"틀림없어. 이래 봬도 루그는 꽤 음흉한걸. 안 그런 척하는 타입이야."

"너무한 말이네."

부정할 수 없는 자신이 무섭다.

인간답게 사는 것이 전생 후의 내 목적이다.

그래서 때때로 싹트는 욕구는 어느 정도 솔직하게 따르고 있을 뿐인데.

"······루그 님이 기뻐해 주신다면, 음, 에잇!"

두 사람이 원피스형 잠옷을 벗었다.

그러자 그 안에 숨어 있던 속옷이 드러났다. 아니, 투명하고 하늘하늘한 캐미솔 너머로 보이는 것이었다. 아까 막 완성한 그것을 입고 있었다.

타르트의 속옷은 심플했고, 디아는 공들여 만들어진 속옷이 가슴을 살짝 모아 주고 있었다.

디아 것은 처음 보는 속옷이었다. 디자인을 보니 평소에는 쓸 수 없을 듯했다. 아주 주의 깊게 세탁하지 않으면 못 쓰게 될 것이다. 즉, 특별할 때 입는 용도로 만들어진 속옷이었다.

이런 속옷을 디아가 가지고 있지는 않았을 것이다. ……아마도 어머니 짓이다.

"어때? 입은 모습을 보여 주자 싶어서. 예쁘지?"

"으으으, 부끄러워요."

"……신기하네. 단순한 속옷 차림보다도 투명한 캐미솔 너머로 보이는 게 더 선정적으로 느껴져."

"루그 님, 냉정하게 분석하지 마세요!"

방어 성능만 생각했었는데 이건 좋다.

뭔가 본능에 호소하는 것이 있었다.

"고마워. 피로가 날아갔어."

"흐응, 그게 다야?"

"……아니, 나도 남자야. 욕정이 일어. 솔직히 말하면 그런 생각을 하긴 했지만, 시간이 늦었고, 셋이 있을 때 하자고 하는 건 실례잖아."

이 육체는 젊다. 그리고 디아와 타르트는 귀여운 약혼자다. 이런 모습을 보여 주면 하고 싶어진다.

하지만 그렇다고 셋이 있을 때 어느 한 명을 데려가는 건 실례고, 다 같이 하는 건 하렘물 주인공 같은 자식이나 하는 짓이다.

"그럼 내가 제안할게. 싫어?"

"싫지 않아. 오히려 기뻐."

"내 방으로 가자."

"흐아아아아……."

타르트가 안절부절못했다.

그런 타르트를 향해 디아가 웃었다.

"타르트, 바라는 걸 직접 말하지 않으면 쭉 이렇게 내가 루그를 독점해 버릴 거야. 입으로 말해도 전해지지 않는 것 같고, 앞으로는 이렇게 심술부릴 거야."

그렇게 말하며 디아는 내 손을 잡아끌었다.

쓴웃음을 지었다.

정말로 좋은 언니다.

타르트의 소극적인 부분을 고치려면 이 정도 충격 요법은 필요하다.

마치 장난감을 뺏긴 아이 같은 얼굴인 타르트를 두고서 디아의 방으로 갔다.

디아와 사랑을 나누는 것은 오랜만이다.

오늘은 휴일. 수업이 없다.

시간을 자유롭게 쓸 수 있기에, 정보망을 이용하여 얻은 노이슈의 흔적을 방에서 분석했다.

어떻게 해서든 노이슈의 발자취를 파악하고 싶었다.

4대 공작가의 후계자인 노이슈의 실종은 소란을 일으켰다. 물론, 이전에도 그가 사라진 적은 있었다.

하지만 노이슈는 소동이 일어나지 않도록 배려했었다. 이번에는 그것조차 없었다. 즉, 돌아올 생각이 없는 거다.

"로마룽그 쪽에서 알아낸 정보가 있으면 좋겠는데……."

내게 충고받은 네반도 로마룽그 공작가의 첩보부를 이용해 노이슈를 찾고 있었다.

이 일에는 아버지도 동원되었다. 이 나라에서 다섯 손가락 안에 드는 암살자. 아버지보다 훌륭한 적임자는 없다.

분석 작업이 일단락되었을 때, 전서구가 왔다.

"아버지가 보낸 편지인가."

그 전서구는 투아하데에서 사육하는 특수한 품종이었다.

평범한 전서구보다 빠르게 날며 튼튼하고 강했다.

편지를 받아 암호문으로 쓰인 내용을 해독했다.

"……뒤숭숭한 편지야."

아버지가 보낸 편지는 마치 유서 같았다.

투아하데 남작가의 중요한 서류를 어디에 보관했는지 알려 주고, 내가 정식으로 가문을 물려받는 데 필요한 서류에 도장을 찍어 뒀다는 내용이었다.

지금까지 일부러 가르쳐 주지 않았던 투아하데의 비밀이 적혀 있는 책의 소재지와, 그 밖에도 영주의 업무를 물려받는 데 필요한 것이 적혀 있었다.

그리고 자신이 사라지면 어머니와 태어날 동생을 잘 부탁한다고.

또…….

"아버지가 이런 장난을 치다니. ……아니, 농담이 아니라 진심인가."

만약 자신이 죽은 후 어머니가 재혼하려 들면 아들 입장에서 감정적으로 반대하며 정확하고 냉정하게 방해하라고 적혀 있었다.

보통은 어머니가 남은 인생을 행복하게 살길 바라야 하지 않나?

그런 생각도 들었지만, 죽어도 독차지하고 싶을 만큼 어머니를 사랑하는 것이리라.

나도 디아가 재혼한다고 생각하면 가슴이 괴로워진다.

"이런 걸 보냈다면…… 그런 각오가 필요한 일이라고 느낀 건가."

그런 의뢰를 받을 계기를 만든 사람은 나다.

만일의 사태가 벌어진다면 이 유서의 내용을 확실하게 완수하리라.

어머니의 재혼과 관련해서는 아무것도 안 해도 된다. 어머니의 성격을 생각했을 때, 아버지가 죽은 후 재혼하는 일은 일어날 수 없으니까.

정보 분석이 끝났다.

"안 되겠어. 노이슈의 발자취를 파악하기엔 부족해. 다만 한 가지 신경 쓰이는 것이 있어. 게피스령에 파견한 첩보원의 문체가 조금 달라진 것 같아."

통신망을 이용해 실시간으로 연락할 때는 각지의 첩보원이 보고서를 읽고 그걸 녹음하여 내가 한꺼번에 듣는 방법을 썼다.

목소리는 틀림없이 게피스령에 파견한 첩보원의 목소리였다. 하지만 낭독하는 보고서의 문체와 단어 선정 같은 것에서 위화감이 들었다.

……마치 누군가가 준비한 보고서를 읽는 것처럼.

나는 첩보원들을 신용한다. 하지만 그들이 적의 손에 떨어질 가능성을 늘 고려하고 있었다.

그렇기에 전원의 목소리와 글 쓰는 버릇을 기억했다.

'게피스령은 노이슈의 본고장이야. 그곳에서 첩보원에게 일어난 이변. ……우연이라고 여기는 게 이상하지.'

만약 첩보원이 뱀 마족의 수하에게 붙잡혀서 녀석들이 만든 보고서를 억지로 읽고 있다면?

'첩보원들에게 통신기의 부속 무전기는 줬지만, 본체가 어디 있는지는 가르쳐 주지 않았어⋯⋯. 통신망이 파괴될 일은 없어. 하지만 앞으로 통신망으로 전달되는 정보, 특히 오픈 채널의 정보는 적도 듣고 있다고 생각해야 해.'

일단 게피스령으로 갈까?

아니, 가기 전에 정보부터 얻어야 한다.

게피스령은 가장 경계해야 할 곳이다. 네반도 그건 알고 있다.

즉, 로마룽그 공작가의 힘으로 철저히 조사한 정보가 있을 터다.

◇

나는 네반을 찾아갔다. 중정에 있는 테이블로 이동하여 차를 받았다.

같은 특대생 기숙사에서 지내기에 만나고자 하면 언제든 만날 수 있었다.

거기에 그녀는 얼마 전에 마침내 아람 카를라의 안전이 확인되면서 호위 임무에서 풀려나 학원에 돌아왔다.

"어머나, 루그 님이 찾아와 주시다니. 아직 환한데 덮치시려는 건가요?"

"농담할 때가 아니야. ⋯⋯통신망을 사용하는 첩보원이 게피스령에서 붙잡혀서 조종당하고 있어."

"……흐응, 무슨 일이 일어나고 있는 걸까요."

"게피스령에서 무슨 일이 벌어지고 있지? 알고 있는 걸 말해."

"정보는 있어요. 하지만 그걸 공짜로 가르쳐 드릴 이유는 없네요."

"나는 로마룽그에서 첩보원의 정보가 새어 나갔다고 의심하고 있어."

"그럴 수도 있죠. 하지만 확증은 없잖아요?"

나는 마하를 지키기 위해, 로마룽그가 통신망을 쓰게 해 주겠다고 약속했다. 그래서 통신망에 접속할 수 있는 첩보원의 정보를 로마룽그에 넘겼다.

"그렇지. 하지만…… 우리 첩보원에게 이변이 일어났다는 정보는 그런대로 가치가 있을 거야. 그 대가를 받고 싶어."

"그러네요. 인정하죠. 그럼 어디서부터 얘기할까요. 게피스령에서 이름난 기사가 차례차례 행방불명되고 있어요. 가장 먼저 사라진 건 게피스 공작가의 근위 기사들이었죠. 4대 공작가가 데리고 있는 기사 중에서도 엘리트인 만큼 일기당천의 강자예요. 저희 로마룽그 공작가를 제외하면 이웃 나라들을 포함해서 최강의 기사단. 그 중핵들이 사라졌어요."

게피스 공작가의 근위 기사는 강하다. 검을 사용한 일대일 결투라면 나도 고전한다. 알반 왕국의 3대 기사단 중 하나다.

"……그런 커다란 사건이 내게 전달되지 않은 걸 보면 첩보원은 꽤 오래전에 꼭두각시가 되었다고 생각해야겠군."

"틀림없어요. 저희 로마룽그 공작가도 어제 키안 투아하데로부터

167

보고를 받고 이 사실을 알았어요."

"말도 안 돼. 그 도시에는 로마룽그 공작의 첩보원이 있었을 텐데? 이런 중요한 정보는 당장 전서구로—"

"네, 그렇죠. 저희 쪽 첩보원도 마찬가지로 적의 꼭두각시예요. 후후후, 한 방 먹었어요. 이렇게까지 바보 취급을 당하다니."

터무니없는 일이다.

우리 첩보원이 적에게 붙잡힌 것은 중대한 사태지만 충분히 있을 수 있는 일이다. 통신망을 쓸 수 있다는 압도적인 이점이 있긴 해도, 애초에 내게 심취한 기사 중에서 적성이 있는 자를 채용한 것에 불과하다. 첩보원으로서는 일류라고 하기 어려웠다.

하지만 로마룽그 공작가의 첩보원은 다르다. 소질이 있는 자가 전문적인 고도의 훈련을 받은 초일류. 그런 초일류가 붙잡혔다니 생각하기 어렵다.

"로마룽그가 자랑하는 정예 중의 정예가 여러 명 파견되어 있었을 텐데. 동료가 붙잡혔다고 보고할 새도 없이 일망타진됐다고? 심지어 자결조차 하지 않고 적에게 이용당하며 잘못된 정보를 흘리고 있다고? 믿을 수 없어. 그 정보는 틀림없는 건가?"

"네, 저도 귀를 의심했어요. 하지만 안타깝게도 진위는 확인됐어요. 아까는 그렇게 말씀드렸지만 죄송해요. 상황과 당신의 첩보원이 잡힌 타이밍을 생각하면 정보는 저희 쪽에서 새어 나갔어요."

머리를 숙이는 동작조차 그녀는 우아했다.

……사태는 내가 생각했던 것보다 훨씬 안 좋은 듯했다.

"게피스령은 이미 누군가의 손에 완전히 떨어졌어. 완벽하게 정보가 통제되는 수준으로 침략이 끝났어. 게피스령에 인류의 적이 숨어 있는, 그런 귀여운 수준이 아니야. 이미 게피스령 자체가 적의 꼭두각시가 됐다고 생각해야 해. 당장."

거기까지 말을 꺼냈을 때, 기척을 감지한 나와 네반은 자리에서 일어나 전신을 마력으로 강화하고 각자의 무기를 잡았다.

"우후후후후후, 둘 다 역시 좋네요. 그 아이가 질투할 만해요. 갖고 싶어요. 컬렉션으로 삼아서 사육하고 싶어."

나타난 것은 요염한 여성이었다.

갈색 피부에, 뱀처럼 세로로 길쭉한 동공을 가지고 있었다.

그 정체는 뱀 마족 미나.

내 동맹자이자 인류의 문화를 사랑하는 마족이었다.

"……인간의 탈은 이제 안 쓰기로 했나."

미나는 인간 귀족 흉내를 내며 귀족 사회에 들어가 있었다.

그래서 인간의 도시에 있을 때는 인간과 비슷한 모습을 했다.

하지만 지금은 뱀눈을 감추지 않았고, 뱀 꼬리까지 꺼냈으며, 무엇보다 압도적인 힘을 아낌없이 드러내고 있었다.

전투에 적합하지 않긴, 개나 주라지.

내가 싸웠던 어떤 마족보다도 강하다는 걸 한눈에 알 수 있었다.

"그야 이제 그럴 필요도 없으니까요. 당신들의 추측은 정답이에요. 그걸 이용해서 이 나라를 제 걸로 만들 거예요."

"게피스령을 장악한 걸 말하는 건가? 행방불명된 기사들은 이미 뱀인간이란 말이군."

"우후후후, 이제 시작이에요. 노이슈가 이끄는 저의 귀여운 아이들이 차례차례 다른 영지를 침략할 거예요. 고작 인간은 어쩔 도리도 없겠죠?"

이 나라에서 유일하게 로마룽그 공작에게 싸움을 걸 수 있는 게 피스 공작가의 정예들이 뱀 마족이 되어 한층 큰 힘을 얻었다면 이 나라 전부를 수중에 넣을 수 있다.

"인간의 문화를 즐기려던 것 아니었나?"

"어머, 세계를 정복한 뒤에도 충분히 즐길 수 있어요. 왜냐하면 저는 마왕이 될 거니까요. 섬멸이 아니라 정복이라고 했잖아요? 항복한다면 필요 이상의 살해도, 파괴도 없을 거예요."

뭔가 상황이 바뀐 모양이다. 뱀 마족은 다른 마족과 비교해서 전투력이 떨어졌다. 그렇기에 나로 하여금 경쟁 상대를 없애게 했다. 아직 뱀 마족 말고도 마족은 남아 있다. —그런데도 나를 버리자고 판단할 무언가가 있었다는 뜻이다.

"그 말을 하러 왔나."

"네. 오늘부로 끝이라지만, 일단은 동맹 관계였으니까요. 의리는 지켜야죠. 지금까지 저를 위해 방해되는 마족을 해치워 줘서 고마워요. 수고했어요."

"천만에."

미소 지으며, 그녀를 죽이기 위해 준비했다.

여기서 처리한다면 피해는 최소한으로 줄일 수 있다.

하지만 나는 네반이 경계하지 않도록 최소한의 장비로 왔다. 그리고 애초에 이곳에는 디아가 없었다.

나 혼자서 【마족 살해】를 맞히고 치명상을 입힐 가능성은 한없이 낮았다.

"그리고 용건이 하나 더 있어요. 귀엽고 멍청한 그 아이의 부탁을 들어주려고 왔죠."

뱀 마족 미나의 모습이 사라졌다.

고속 이동은 아니었다. 기척이 완전히 사라졌다. 그야말로 순간이동. 이어서 나타난 곳은 네반의 앞이었다. 아마 어떤 능력을 쓴 것이리라.

미나는 네반의 턱을 잡아 얼굴을 들었다.

"우후후, 그 아이는 건방지게도 제게 조건을 제시했어요. ……당신만큼은 죽이지 말라고. 예쁜 아이네요. 괴롭힐 맛이 있겠어요."

네반은 말없이 하이킥을 날렸다.

훌륭한 일격이었다. 잘 단련된 기사도 일격에 목이 꺾일 만한 위력이 있었다.

그런 발차기를 미나는 간단히 잡았다.

"어머나, 여자아이가 이렇게 다리를 치켜들다니, 방정맞게……. 상처 입히지 않겠다고 약속했지만, 정당방위고…… 어쩔 수 없죠?"

"으윽!"

붙잡은 발을 축으로 회전하며 추격타를 날리는 네반의 일격이 닿기 전에 미나는 네반을 내던졌다.

그녀의 몸이 벽돌 벽에 처박혔고 네반은 기절했다.

"⋯⋯그 강함, 설마⋯⋯. 벌써 마왕이 됐나."

"우후, 우후후후. 틀렸어요. 그저 단순히 먹이를 손에 넣었을 뿐이에요. 루그가 회수해 줬잖아요."

"설마 【생명의 열매】를─."

"아주 꼼꼼히 숨겨서 봉인한 것 같지만. 소용없어요. 내가 모르게 숨길 수 있을 리 없죠. 마물뿐만 아니라 전 세계의 뱀이 모두 내 촉각이니까. 당신은 암살자죠? 인간치고는 노력하고 있지만, 뱀을 이길 수는 없어요. 뱀은 타고난 암살자예요."

확실히 뱀은 천연 암살자라고 해야 할 생물이다.

시력을 의지하지 않고 피트 기관을 사용해 열로 세상을 본다. 적외선 서모그래피. 아무리 기척을 잘 지우는 생물이더라도 자신의 열을 지울 수는 없다.

그리고 기는 동작은 보행보다 소리가 덜 난다. 몹시 낮은 시선은 슬그머니 다가가 숨기에 적합하다.

환경 적응 능력이 높아 어디에서든 서식할 수 있다. 뱀을 통해 세계를 본다는 말이 사실이라면 미나의 눈을 속이는 건 불가능하다.

"마왕 비슷한 게 됐다니 잘됐네. 하지만 마왕이 되려면 【생명의 열매】가 최소 세 개 필요하잖아? 남은 두 개를 얻을 방법은 있나?"

하나만으로도 이런 괴물이 됐다.

미나에게 마왕이 되려는 의지가 있다면 지금 여기서 없앨 수밖에 없다.

"네. 곧 있으면 두 번째 열매를 수확할 수 있어요. 그 아이가 기사를 이끌고서 자기 영지의 백성들로 만들어 주고 있거든요. 세 번째도 금방이겠죠. 우후, 우후후후후."

……믿을 수가 없다.

나도 투아하데라는 영지를 언젠가 다스린다. 그렇기에 영주의 마음가짐을 안다.

백성을 지켜야 할 영주가 백성을 바쳤다고?

그런 일은 용납되지 않는다.

혼란스러워하면서도 몸은 적을 제거하기 위해 움직였다.

권총을 뽑아 3점사.

하지만 모조리 튕겨 날아갔다.

엊그제 에포나와 싸웠을 때가 생각났다. 피부로 느껴지는 위협은 그에 필적했다.

"정말 너무하네요. 손댈 생각은 없는데. 저기 있는 예쁜 아이를 죽이지 않은 건 그 아이의 부탁 때문이지만, 루그도 지금까지 애써 줘서 죽이기 싫거든요. 그리고 우리는 앞으로도 잘 지낼 수 있을 것 같지 않나요?"

"……처음부터 힘을 손에 넣으면 배신할 생각이었으면서 뻔뻔하네."

"피차일반이죠."

맞는 말이다.

선수를 뺏긴 게 잘못이다.

"그럼 이걸로 볼일은 다 봤어요. 충고할게요. 죽기 싫으면 날 방

해하지 마. 손대지 않는다면 내버려 둘 테니까. 도망쳐. 계속 도망
쳐. 그러면 안 죽을 거야."

"손을 댄다면?"

"그때는 붙잡아서 애완동물로 삼아 줄게. 둘 다. 그 아이보다 훨
씬 괜찮은 장난감이 될 것 같아."

뱀 마족 미나의 모습이 사라졌다.

상황이 안 좋아졌다.

하지만 방법이 아예 없지는 않았다.

도망칠까 보냐. 여기서 도망치면 이 나라는 녀석에게 지배당한
다. 그건 투아하데령도 예외가 아니다.

Episode14

제
14
화
──
암
살
자
는
잠
입
한
다

The world's
best
assassin, to
reincarnate
in a different
world
aristocrat

네반을 치료하고 눕혔다.

뼈가 부러지고 내장 몇 군데가 상했지만, 다행히 그녀의 생명에 지장은 없었다.

죽일 작정이었다면 죽일 수 있었을 텐데, 그러지 않은 것은 노이슈와 한 약속을 지킬 마음이 있었기 때문이리라.

네반이 눈을 떴다.

"……저, 살아 있군요."

"그냥 넘어가 줬어. 노이슈에게 고마워해."

"고마워하고 자시고, 이 상황은 그 바보 탓이에요."

뱀 마족이 게피스령을 장악할 수 있었던 것이 노이슈의 주선 덕분인 것은 틀림없다.

"얼른 손을 써야 해."

"네, 맞아요. 두 번째 【생명의 열매】를 만들게 둘 수는 없어요. 그게 끝나면 곧장 다른 영지를 침략해서 세 번째가 만들어질 거예요."

"……뭐야, 의식이 있었어?"

"그 마족이 떠날 때까지 필사적으로 의식을 붙들고 있었죠."

"그랬군."

"저는, 한동안 싸울 수 없어요."

"그렇겠지."

미나가 봐주기도 했지만, 네반은 어마어마한 반사 신경으로 대미지를 최소한으로 줄였다. 그래도 제대로 싸울 수 있는 상태는 아니었다.

"죄송하지만, 제 부탁을 들어주시면 안 될까요?"

"내용을 들어 봐야 알겠는데."

"그 아이를 죽여 주세요. 그 아이를 구할 방법은 이제 그것뿐이에요. 아무리 완벽하게 정보를 통제하고 조작해도, 영민 대량 학살을 시작해버리면 더 이상 덮을 수 없어요. 전장에서 죽여 주는 게 가장 행복한 길이에요."

"그렇겠지."

"영민을 지키는 것이야말로 귀족의 숙명. 백성을 죽인 죄는 목숨으로도 갚을 수 없어요."

노이슈는 알반 왕국의, 인류의 적이 되어 버렸다.

설령 지금부터 노이슈가 뱀 마족과 관계를 끊더라도 이미 늦었다.

노이슈가 사람으로 살아가는 것은 불가능하다.

그 녀석에게 해 줄 수 있는 일은 죽여 주는 것뿐이다.

"너는 왜 노이슈가 이런 짓을 했는지 알아?"

"대충은요. 그 아이는 옛날부터 멋대로 열등감을 속에 쌓는 아이였거든요. 그 바보한테 전하고 싶은 말이 있어요."

네반은 완벽한 인류의 가면을 벗고, 동생을 생각하는 누나의 얼굴로 말을 자아냈다.

"약속하지. 반드시 전하겠어."

"가능하면 전해 달라는 거예요. 암살 가능한 기회를 날리면서까지 할 일은 아니에요. 그 점은 틀리지 마세요."

투아하데의 본업은 암살이다.

이상적인 암살은 상대에게 들키기 전에 치명적인 일격을 가하는 것이다. 전언은 암살자에게 할 만한 의뢰가 아니다. 말을 전한 시점에 암살은 실패한 것이기 때문이다.

"그럴 생각이야."

"역시 루그 님이네요. 원래는 왕족이 의뢰하도록 절차를 밟아야 하지만, 긴급 사태이니 약식으로 할게요. 용서해 주세요."

네반이 로마룽그 공작가의 영애다운 표정으로 돌아왔다.

"왕가를 대신하여 4대 공작가 중 하나인 로마룽그 공작가의 이름으로 암살 귀족 투아하데에게 명한다. 나라를 해치는 병폐, 노이슈 게피스를 알반 왕국에서 제거하라."

그건 암살 귀족 투아하데에게 암살을 의뢰할 때 쓰는 정해진 말이었다.

국익을 위해 필요한 살인을 하라는 의사 표시.

"노이슈 게피스는 알반 왕국의 병폐로 간주한다. 암살 귀족 투아하데의 긍지를 걸고, 병폐를 제거하겠다."

그리고 그저 명령받은 대로 수행하는 것이 아니라, 자신의 눈과

귀와 머리로 그것이 알반 왕국에 득이 됨을 이해하고서 의뢰를 받는다.

그게 바로 암살 귀족 투아하데.

이 말을 꺼낸 이상, 뒤로 물러날 수는 없다.

투아하데가 암살 귀족이 된 이후로 이 말은 몇천 번이나 쓰였다.

그리고 단 한 번도 그 말을 어긴 적이 없다.

◇

그 후 나는 바로 로마룽그 공작에게 연락하여 네반의 부상과 사건의 전말을 전했다.

로마룽그 공작은 망설이지 않았다. 전서구를 날려서, 게피스령이 마족의 손에 떨어진 것과 마족에게 영혼을 판 노이슈가 그걸 주도했다는 사실이 온 나라에 알려졌다.

이제 이 나라에 노이슈가 있을 곳은 없다.

그리고 정식으로 【성기사】로서의 임무가 내게 주어졌다.

노이슈를 죽이라고.

'디아와 타르트가 없는 걸 불안하게 여기게 되다니.'

이번 임무는 나 혼자 수행한다.

디아와 타르트는 두고 왔다.

이번 임무가 게피스령에 잠입하여 적으로 가득한 전장에서 노이슈를 암살하는 것이기 때문이다.

전력이 너무 차이나므로, 들킨 순간 아웃이다. 들키지 않는 것에 주안점을 둔다면 나 혼자 가는 편이 좋다.

또한 이번에는 마족과의 전투를 상정하지 않아서 디아가 【마족 살해】를 쓸 필요도 없었다.

눈에 띄는 행글라이더는 쓸 수 없기에 달빛조차 없는 밤길을 질주했다. 이제 게피스령이 꽤 가까웠다.

'설마 용사를 미끼로 쓸 줄은 몰랐어.'

이번 작전에서 에포나의 역할은 미끼였다.

정면으로 돌격하여, 뱀 괴물로 전락한 기사들을 상대로 마구 난동을 부려서 뱀 마족 미나를 끌어내 교전한다.

미끼라고는 하지만, 게피스 공작가의 기사들이라는 특급 전력을 줄이려는 의도가 보이는 작전이었다.

그대로 노이슈까지 끌어내서 죽일 수 있다면 좋고, 해치우지 못하더라도 시간을 벌어서 그 사이에 내가 노이슈를 찾아내 죽인다.

'……그나저나 중앙의 너구리들이 에포나를 파견하는 걸 용케 허락했네.'

지금까지 에포나는 왕도에 구속되어 있었다.

마족은 【생명의 열매】를 만들기 위해 인구가 많은 도시를 노리기에 왕도는 항상 위험하다. 그렇기에 왕도에 있는 권력자들은 자기 목숨을 지키기 위해 용사를 늘 수중에 두고 싶어 했다.

'뭐— 그런 말을 하고 있을 수도 없나.'

게피스령은 왕도와도 가깝고, 이 근처에는 고위 귀족이 다스리는 영지가 많다.

마족에 의해 강화된, 이 나라 최강의 무장 집단. 그런 집단이 날뛰기 시작하면 아무도 막을 수 없다.

그걸 막기 위해서라면 애지중지하는 용사도 내놓는다.

이 작전은 놀랍게도 나와 에포나, 단둘이 수행한다.

빠르게 기습하려면 그게 가장 좋았다. 다른 사람은 우리를 따라오지 못하고, 다른 사람에게 맞춰서 작전을 늦추면 게피스령에서 학살이 끝나 【생명의 열매】가 완성되어 버리니까.

◇

고지대에서 직접 만든 쌍안경으로 게피스령의 중심에 있는 대도시 게일을 살펴보았다.

"처참하네."

신체 어딘가에 뱀의 특징이 짙게 나타난 기사들이 마구 날뛰며, 지켜야 할 터인 영민을 죽여 나갔다.

그렇게 살해당한 백성의 영혼은 그 땅에 붙잡혀 한데 모이고 반죽되었다.

【생명의 열매】의 제작 공정. 사람의 영혼을 하나로 모아 뭉친다.

필요한 영혼의 수는 약 1만.

이미 어림잡아 3천 명 넘게 죽었으리라. 백성이 도망 다녀서 죽이는 데 시간이 걸리고 있는 듯했다.

그걸 고려하면 학살이 시작된 것은 불과 몇 시간 전이리라.

'차라리 모두 죽었다면 편하긴 했을 텐데.'

만약 그랬다면 저연비 고위력인 【신창】으로 융단 폭격을 가했을 것이다.

【신창】은 중력 반전 마법으로 고도 수천 킬로까지 상승시킨 창을 떨어뜨리는 공격이다.

그 위력은 대구경 전차포의 약 400배.

중력을 이용하는 마법이기에 그런 위력인데도, 소비 마력은 놀랍도록 적었다.

도시 하나를 없애도 된다면 【신창】을 몇십 발 떨어뜨리기만 해도 뱀인간을 절멸시킬 수 있다.

이보다 더 효율적이고 안전한 방법은 없다.

'아직 도시에는 만 명 이상의 백성이 있어. ─그리고 아마 아버지도.'

효율이 좋다고 해서 만 명이 넘는 사람과 아버지를 적과 함께 죽이는 짓은 할 수 없다.

……아마 전생의 나였다면 했을 것이다.

득실을 비교하면 해야 한다.

무수한 마물과 뱀인간이 넘쳐 나는 도시에 잠입해서 노이슈를 죽이는 것은 흡사 곡예의 영역이다. 성공률은 그리 높지 않다.

내가 실패하면 어차피 도시의 인간이 전원 죽는다.

도시의 인간을 전원 죽여서 확실하게 이 나라를 구할 수 있다면 손익 감정의 저울은 주민을 몰살시키는 쪽으로 기운다. 하지만─.

'루그 투아하데는 그 방법을 택하지 않아.'

물러 터졌다.

비합리적이다.

그래도 내 마음을 따라 베스트를 택하겠다.

그게 지금의 나니까.

◇

대학살이 벌어져 혼란에 빠진 도시에 들어가는 것 자체는 간단했다.

일반적인 주민의 복장을 하고, 변장용 마스크로 다른 사람의 얼굴을 만들고, 마력 방출을 최소한으로 줄였다.

게피스령은 문자 그대로 지옥이었다.

멀리서 봤을 때도 지옥처럼 보였지만, 안에 들어오니 더 처참하게 느껴졌다.

도시와 백성을 지켜야 할 기사들이 백성들을 죽이고 다녔다.

도시를 감싸 외적을 물리치는 외벽은 백성들이 도망치지 못하도록 하는 감옥으로 바뀌어 있었다.

자세히 관찰하니 기사들도 다양한 타입이 있음을 알 수 있었다.

머리가 뱀이거나, 전신에 비늘이 돋아 있거나, 일견 평범한 인간 같지만 혀만 뱀이거나.

행동 면을 보면, 신나게 학살하는 자, 눈물을 흘리고 사과하며 죽이는 자, 인형처럼 아무런 감정도 없이 죽이는 자, 감정과 행동이 일치하지 않는 자 등등.

……이런 차이가 파고들 틈이 될지도 모른다.

그런 생각을 하면서도 한층 더 기사들을 관찰하며 지휘 체계를 더듬어 갔다.

'이런 상태가 됐어도 기사고, 통솔이 잡힌 군인인가.'

이런 체계라면 찾기 쉽다.

기사는 명령 계통을 확실히 만든다.

먼저 4인이 기본인 소대, 그 소대를 아우르는 중대, 그리고 그 위에 대대. 이렇게 위에서 아래로 명령이 전달되게 되어 있다.

그래서 예를 들어 소대를 자세히 관찰하면 명령을 내리는 소대장을 알 수 있다.

그 소대장을 관찰하면 그 녀석에게 지시를 내리는 자를 알 수 있다. 그게 중대장이다. 그렇게 계속해서 위로 더듬어 갈 수 있다.

그 정점에 있는 자가 노이슈다.

현재 게피스령의 지배자는 뱀 마족 미나지만, 노이슈가 아니면 군대를 지휘할 수 없다.

'말단까지 숙련도가 높아. 규율을 확실히 지키고 있어. 그렇기에 찾기 쉬워.'

영지마다 기사들의 성질은 다르다.

숙련도가 낮은 기사들은 대부분 방임이라, 싸우기 전에 대략적인 명령만 받고 나머지는 현장에서 판단하는 일도 드물지 않았다.

그런 기사들은 약하고, 규율이 확실하게 잡혀 있을수록 성가시지만, 이번만큼은 읽기 쉬워서 편했다.

그렇게 혼비백산 도망치는 민중 틈에 섞여 지휘 계통을 더듬어 갔다.

'슬슬 노이슈의 꼬리가 잡히려나……. 응? 뭐지? 동쪽에서 엄청난 마력이?!'

폭음, 그 후에 대지가 흔들렸다.

막대한 마력이 느껴진 동쪽을 보니 외벽이 통째로 사라진 상태였다.

갇혀서 도망 다닐 뿐이었던 민중이 도시 밖으로 달아나려고 쇄도했다. 기사들이 조직적인 움직임으로 길을 막으려 했지만, 황금빛 질풍이 그런 기사들을 쓸어 버렸다.

"다들 안심해. 용사 에포나가 온 이상, 이런 극악무도한 짓은 용납 못 해!"

에포나의 등장이었다.

……예상보다 빠르네.

도중까지 행글라이더로 날아온 나와 도착 시간이 한 시간 정도밖에 차이가 안 났다.

용사가 등장하자 백성들에게 희망이 생겼다. 감사의 눈물을 흘리며 기도하고 성원을 보냈다.

그야말로 용사였다.

그 용사는 뱀 마물이 된 기사들을 차례차례 처리해 나갔다.

너무나도 일방적이었다.

개중에는 나와 비슷한 수준의 힘을 가진 기사도 있었으나, 전혀 상대가 되지 않았다.

이게 바로 용사. 규격을 벗어난 괴물의 힘.

나와 모의전을 벌였을 때는 전력을 다하지 않았던 모양이다.

그런 에포나가 공격을 맞고 날아갔다.

조금 놀랐다.

노이슈가 아니라 뱀 마족 미나가 나타났다.

"용사님, 빨리 오셨네요. 이 이상 제 장난감을 망가뜨리면 곤란해요. 제가 상대해 드리죠."

"네가 두목이구나. 내가 너를 쓰러뜨리겠어."

강대한 힘과 힘이 부딪쳤다.

기쁜 오산이었다.

최악의 적, 뱀 마족 미나의 주의를 에포나가 끌어 줬다.

그 사이에 나는 내가 할 일을 해내자.

인류의 적이 된 노이슈 게피스를 친구로서 암살하는 것이다.

Episode15

제
15
화
—
암
살
자
는
친
구
를
쫓
는
다

The world's
best
assassin, to
reincarnate
in a different
world
aristocrat

용사 에포나와 뱀 마족 미나의 싸움은 상상을 초월했다.

차원이 다른 싸움이었다. 소리와 빛만으로 세계의 종말을 느끼고 말았다.

……이번 대의 용사는 경험이 부족한 탓에 성장하지 못했다고 했건만. 농담도 적당히 하라는 생각이 든다.

'에포나는 자기 입으로 약해졌다고 했는데, 그래도 이 정도인가. 이 정도면 도와줄 필요는 없겠어. 오히려 방해될 거야.'

소리가 점점 멀어졌다.

도시에서 멀어졌다.

예전에 에포나는 힘을 해방해서 뜨거워지면 주위가 보이지 않게 되어 모조리 파괴하며 적군과 아군을 모두 유린했다.

그랬는데 지금은 도시에 피해가 가지 않도록 배려하는 여유가 있었다.

그녀도 나름대로 노력해 왔을 것이다.

나는 내 역할을 완수하기 위해 명령 계통을 더듬어 나갔고, 그러는 도중에 어떤 것을 발견했다.

'아버지의 사인이야.'

투아하데는 소수 정예로 임무를 수행하는 것이 원칙이지만, 상황에 따라 협력하기도 했다.

민가의 벽에 어떻게 봐도 자연스럽게 만들어진 것 같은 흠집이 있었다.

현지에서 비밀리에 연락하기 위한 암호였다.

합류를 의미하는 암호. 동시에 다음 목적지를 지정해서, 계속 따라가면 아버지가 기다리는 곳에 다다를 수 있다.

'선택을 틀리지 마.'

만약 여기서 명령 계통을 쫓는 걸 중단하고 사인대로 아버지와 합류하면 다시 처음부터 명령 계통을 더듬어야 한다.

용사 에포나가 지지는 않을 것이다.

하지만 시간을 낭비해선 안 됐다.

나는 결단했다.

'아버지와 합류하는 게 최우선이야.'

투아하데의 가주, 키안 투아하데. 내가 나타나기 전까지는 역대 최고의 투아하데라고 불렸던 남자.

그런 아버지가 이 상황에서 내 시간을 뺏는 것이 무슨 의미인지 모를 리가 없다.

그럼에도 합류하라고 명했다.

내가 모르는 뭔가를 알고 있고, 그걸 모르면 치명적인 잘못을 저지르기 때문이다.

이건 아버지에 대한 신뢰를 근거로 한 결단이었다.

◇

사인을 계속 따라가니 슬럼가의 폐허가 나왔다.

투아하데식 노크를 했다.

소리를 내는 방식과 간격에 요령이 있어서, 평범하게 들리는 노크로 적과 아군을 식별할 수 있는 데다가 자신의 현재 상태까지 전할 수 있었다.

폐허 안에서 소리가 들렸다. 들어오라는 대답이었다.

아무도 안 보고 있음을 확인했다. 사람뿐만 아니라 뱀도 포함해서.

안에는 세 사람이 있었다.

한 명은 물론 아버지였다. 다른 한 명은 멋진 콧수염을 기른 근육질의 장년 남성. 그리고 마지막으로 뱀 마물로 전락한 기사의 시체가 있었다.

"잘 왔다, 루그."

"아버지, 무사하……시지는 못하셨나 보네요."

아버지는 한쪽 팔이 없었다.

살을 태운 냄새가 났다.

시간이 없었기 때문인지 불로 지져서 지혈한 것 같았다. 이래서는 잘린 팔이 있어도 붙일 수 없다.

"살해가 전문이고 구출과 호위는 서투르다는 걸 깜빡해서 말이다. 이 꼴이 됐지."

그 상태로도 아버지는 평소처럼 태연하게 웃었다.

그런 아버지와는 대조적으로 장년 남성은 겁을 먹고 혼란에 빠져 움츠리고 있었다.

이자가 누군지는 알고 있었다.

"설마, 당신이 아직도 사람일 줄은 몰랐습니다…… 게피스 공작."

노이슈의 아버지, 이 영지의 지배자.

딱 한 번, 회의장에서 만난 적이 있었다.

뱀 마족 미나 입장에서는 제일 먼저 뱀인간으로 만들어 꼭두각시로 삼아야 할 상대다.

"어째서, 어째서, 이 지경이, 으으으으, 노이슈……! 천한 피가 섞였어도 아들이라고 인정해 줬거늘, 참아 줬거늘, 으으으으……!"

머리를 끌어안고서 헛소리를 중얼거리듯 노이슈를 저주했다.

아버지가 공작을 대변하듯 입을 열어 공작이 여전히 인간인 이유를 설명했다.

"뱀인간으로 만들면 아무래도 뱀의 특징이 나타나. 공작 정도 되면 대외적인 일이 많지. 뱀 마족 미나와 노이슈는 오늘 이 학살을 결행할 때까지 비밀리에 움직이고 있었어. 게피스 공작은 협박당해서, 게피스령에는 아무 일도 없다고, 평화롭다고 계속 말한 거야."

그랬군. 외부와의 교섭 역할은 인간만 할 수 있다.

그렇기에 게피스 공작은 인간인 채로 협박당하고 이용당했다.

"대체 언제부터 뱀 마족의 마수가 이 도시에 뻗친 거죠?"

"정확히는 모르겠지만, 최소한 한 달은 됐어. 중추부터 점점 오염된 것 같아. 노이슈가 배반했으니 막을 방도가 없었지. 게다가 루그와 아람교가 엮인 소동이 좋은 연막이 됐어."

아주 계획적인 범행이다.

……이렇게 대담하게 움직이면서 내 정보망과 로마룽그의 첩보부대까지 속이다니.

나는 노이슈라는 남자를 과소평가했던 걸지도 모른다.

"아버지. 설마 그 남자를 구출하려고 절 부르셨나요?"

"날 뭘로 보고. 내가 그런 얼간이 같으냐? 이제 이 남자의 목숨 따위 별로 가치도 없는데."

게피스 공작이 눈을 부릅떴다.

그랬다. 아무리 공작이라도 이제 와서 이 녀석이 어떻게 되든 상관없었다.

뱀인간으로 전락한 기사들에게 공작의 말은 의미가 없고, 민중으로부터도 진즉에 신뢰를 잃어서 명령도 내리지 못한다.

기껏해야 모든 일이 끝난 후 책임을 물어 본보기로 삼는 것 정도로만 쓸 수 있었다.

"임무 중일 너를 이곳으로 부른 건 전해야 할 말이 있기 때문이야. 지금 용사 에포나와 뱀 마족이 싸우고 있는 것도, 게피스령에서 벌어지는 대량 학살도, 실은 미끼다."

"……그렇게 된 거였나. 노이슈는 지금 부대를 편제해서 이미 다른 도시를 노리고 있는 거군요."

"그래. 용사 에포나와 너를 매우 경계하고 있어. 소동을 일으키면 너희 둘을 게피스령에 붙들어 둘 수 있지. 그사이에 다른 도시를 습격해서 【생명의 열매】를 완성시키는 거야. 그리고 그 【생명의 열매】를 뱀 마족에게 갖다주면 뱀 마족은 용사를 뛰어넘는 힘을 얻어. 그런 각본이야. 그렇기에 뱀 마족은 철저히 시간을 끄는 수비적인 싸움을 할 테고, 너라면 명령 계통을 따라가 그 정점에 다다르려고 하겠지. 노이슈는 거기까지 예상하고 있어. 하지만 지휘 계통의 정점은 노이슈가 아니라, 전 근위 기사단의 부단장이라는 것 같아."

소름이 돋았다.

만약 아버지의 사인을 무시했다면 시간을 들여 다다른 명령 계통의 정점에 노이슈가 없어서 막막했을 것이다.

그리고 노이슈는 다른 도시에서 학살을 저질러 【생명의 열매】를 완성시키고 돌아와, 용사 에포나조차 쓰러뜨릴 수 없는 괴물이 탄생했으리라.

그렇게 되면 상황은 완전히 절망적이다.

"하지만 의문이 있어요. 그 정도 군세를 이끌면서 어떻게 들키지 않고 이동하는 거죠?"

"아무래도 뱀 마물이 만든 지하 터널이 있는 모양이야."

그러고 보니 예전에 뱀 마물을 타고 뱀 마족 미나의 별장에 간 적이 있었다.

그 거대한 뱀이라면 터널을 파더라도 이상하지 않고, 많은 뱀인간을 빠르게 수송할 수 있다.

"감사합니다, 아버지. 지금이라면 노이슈를 따라잡을 수 있어요."

큰일 날 뻔했다.

아버지가 없었다면 망했을 거다.

다만 하나 신경 쓰이는 점이 있었다.

"그만한 정보를 어떻게 아셨나요?"

"저 친구가 가르쳐 줬어."

아버지가 가리킨 것은 세 번째 사람이었다. 뱀인간이 된 기사의 시체.

"근위 기사단장이었던 남자야. 뱀인간이 되어서도 자아를 유지했고, 지배당해 조종당하면서도 틈을 엿보고 있었어."

"내부의 인간이라서 정보를 알고 있었던 거군요."

"그래. 그리고 지배에 저항하여 내게 정보를 전하고, 주인을 부탁하고서 죽었어. 강제력을 거역하느라 뇌가 타 버린 거야. 그야말로 충신이지. 나는 저 친구에게 보답하기 위해 이 남자를 구했어. 그게 저 친구가 바란 유일한 보상이었어."

마족의 지배는 강력하다.

그것에 저항했다. 심지어 뇌가 타는 고통과 공포를 견디며 주인을 끝까지 지켰다.

다른 영지의 기사여도 그 삶의 방식은 칭찬할 만했다.

"지하 터널의 입구는 여기야. 이것도 저 친구가 가르쳐 줬지."

"정보 감사합니다. 나머지는 제게 맡겨 주세요. 그리고 저도 부탁이 하나 있습니다. 죽지 마세요. 투아하데의 모든 것을 짊어지기에 저는 아직 미숙해요. 무엇보다 어머니의 재혼을 방해하는 건 죽어도 사양이에요."

"흠, 그런가. 그럼 살아 돌아갈 수밖에 없겠어. 너도 죽지 마라. 네가 죽으면 에스리가 울 거야. 너도 그 아이들을 미망인으로 만들 수는 없을 테지."

"그렇죠."

그게 마지막 말이었다.

나는 전속력으로 달리기 시작했다.

지금부터 쫓아가면 아슬아슬하게 늦지 않을 터다.

원래는 패배했을 승부다. 그걸 아버지 덕분에 원점으로 되돌릴 수 있었다.

그렇다면 이번에는 역전이다.

노이슈의 학살을 막아서 【생명의 열매】 따위 만들지 못하게 하겠다.

제
16
화
│
암
살
자
는
결
단
한
다

The world's
best
assassin, to
reincarnate
in a different
world
aristocrat

지하도는 영주의 저택 밑에 있었다.

넓고 긴 지하도를 마법을 구사하여 날아갔다. 마법으로 만든 바람으로 빛을 굴절시키고, 열과 냄새가 새어 나가지 않도록 은폐용 마법을 이중으로 쳤다.

내 추적을 숨기기 위해서였다.

'계속 선수를 뺏기다가 처음으로 허를 찌를 기회야. 이 기회를 놓치지 않겠어.'

뱀 중에는 진동을 감지하는 종이 있다. 즉, 지하도에 발을 디딘 시점에 들킨다. 그리고 열과 시각, 후각. 그것들도 신경 써야 했다.

은폐용 마법을 이만큼이나 사용하면 이동 속도는 떨어진다. 하지만 속도가 느려지는 것보다도 들키지 않는 게 중요했다.

20킬로미터쯤 날아가니 지상으로 나왔다.

고도를 높이고, 마력 소모가 심한 은폐용 마법을 해제. 【두루미 혁낭】에서 행글라이더를 꺼냈다.

일정 고도까지 올라가면 진동은 감지되지 않는다.

"굉장히 알기 쉽네."

투아하데의 눈에 마력을 담아 시력을 강화하고 상공에서 주위를 둘러보니 간단히 흔적이 발견되었다.

거대한 뱀 마물을 타고서 이동하고 있는지라, 상공에서도 보일 만큼 기어간 흔적이 확실하게 대지에 남아 있었다.

이 정도면 추적하기 쉽다.

"진심으로 쫓기로 할까."

이 고도라면 은폐에 쓰던 자원을 전부 이동에 할당할 수 있다.

바람 마법으로 공기 저항을 최대한 줄이는 카울을 생성. 그 상태로 바람을 일으켜 등을 밀어서 가속했다.

폭발 마법을 쓴다면 몇 배는 더 속도가 나겠지만 폭발음 때문에 들킨다. 소리가 나지 않도록 음속을 돌파하지 않게 조심했다.

아무리 빨리 땅을 기더라도 하늘에서 추적하는 것은 따돌릴 수 없다.

'흔적을 보건대 이곳을 지난 건 약 15분 전이야. 목적지는…… 이 방향에 있으면서 【생명의 열매】를 만드는 조건인 만 명 이상의 영혼을 충족시키는 건 디스틀령의 대도시 파릴뿐인가. 목표는 틀림없이 그곳이야.'

여기서 파릴까지는 약 30킬로미터.

서둘러야겠다.

◇

30분 후, 마침내 노이슈의 군세를 포착했다.

예전에 우리를 태우고 뱀 마족 미나의 저택으로 데려갔던 거대한 뱀 마물 열 마리의 대행진.

그 뱀 마물에 뱀인간이 된 기사가 열 명씩, 총 100명 있었다.

당연하게 전원 마력 보유자였다.

100명이나 되는 마력 보유자 기사를 별동대로 운용할 수 있는 것은 알반 왕국에서 게피스 공작가와 로마룽그 공작가밖에 없을 것이다.

투아하데는 분가 전체의 마력 보유자를 모아도 서른 명이 안 된다.

상공에서 감시하고 있는 나를 눈치채지는 못한 것 같았다.

그 이점을 살린다.

뱀인간이 된 기사는 각각이 근접 전투 능력으로는 내게 필적하는 힘을 가졌다고 상정해야 한다. 정면으로 싸우는 것은 단순한 자살 행위다.

'사각지대에서 초화력으로 섬멸하겠어.'

마음속으로 네반에게 사과했다.

말을 전하기 전에 노이슈를 죽일지도 모른다.

진행 속도와 방향을 고려하여 10분 후 도착 지점을 계산했다.

더불어 머릿속에 주입해 둔 지도를 참조.

그 주변에 마을이나 취락이 없음을 확인했다.

이런 상황이면 그걸 쓸 수 있다.

"【신창】—."

마법으로 생겨난 100킬로짜리 텅스텐 창이 하늘로 올라갔다.

위력만 보면 내가 보유한 것 중에서 최강의 마법이다.

텅스텐 창을 중력 반전 마법으로 초초고도까지 올리고, 그 후에는 자유 낙하에 맡겨서 압도적인 운동 에너지로 대상을 섬멸한다.

전생에는 신의 지팡이라고 불렸는데, 위성에서 질량 병기를 사출하여 실현 가능한, 핵폭탄급 위력을 자랑하는 통상 병기였다.

초중량 물질을 우주까지 운반하는 비용이 문제가 되어 시작품만 만들어지고 정식으로 채용되진 않았다. 하지만 중력을 반전하는 마법이 있기에 저연비 초화력의 필살기가 된다.

'착탄하기까지 10분 넘게 걸리는 데다가 착탄 지점을 나중에 변경할 수 없는 게 결점이지.'

상공 수천 킬로까지 올라갔다가 떨어지는 데 10분.

10분 후 상대의 위치를 예상해서 날려야 했다. 제대로 싸워서 직격하는 건 불가능하다.

조준하기도 매우 어렵다.

정확한 환경 정보와 복잡한 고도의 계산이 필요하다.

하지만 그것도 마법이라는 반칙과 인류 최고봉의 성능을 자랑하는 루그의 두뇌가 있으면 가능하다.

심지어 이번 상대는 군대라서 규율에 따라 일정한 페이스로 발맞춰 걷고 있었다.

더할 나위 없이 예측하기 쉬웠다.

"【신창】."

연달아 【신창】을 날렸다.

저연비 마법이기에 연사할 수 있었다.

"【신창】."

또 새로운 텅스텐 창이 하늘로 날아올랐다.

추가로 두 개 더.

도합 다섯 개를 날렸다.

한 방 한 방이 최종병기급 위력을 자랑한다.

이만큼이나 날리면 저 정도 전력도 섬멸할 수 있을 것이다.

◇

하늘에서 추적을 계속했다. 휘말리지 않도록 【신창】의 예측 궤도에서 상당히 거리를 뒀다. 스치는 건 물론이고 여파에도 죽을 수 있다.

【신창】이 착탄하기까지 앞으로 18초.

아래쪽에서는 뱀인간이 된 기사들이 왕뱀 마물을 몰고 있었다.

생명의 위기가 다가오고 있음을 그들은 전혀 눈치채지 못했다.

그리고 마침내 그것이 도달했다.

우주에서 날아온 텅스텐 창. 너무 빨라서 눈에 보이지 않았다.

소리도 없이 착탄. 땅이 폭발했다.

몇 킬로에 걸쳐 지면이 움푹 파이고, 그곳에 있었을 터인 모든 것을 충격파가 밀어냈다.

한 방에 지형이 변했다.

그곳에 또 한 방, 또 한 방, 차례차례 착탄했다.

토사가 하늘로 솟구쳐서, 구름 한 점 없이 맑은 날인데도 태양이 완전히 가려졌다.

심지어 토사의 해일이라고 말할 수밖에 없는 이상한 현상이 일어났다.

반경 십여 킬로미터가 원래 없었던 것처럼 사라졌다.

이게 바로【신창】을 집중포화로 운용했을 때의 파괴력이었다.

도시 하나는 소멸시킬 수 있는 힘이다.

잠시 상황을 보고 있으니 마침내 흙먼지에 가려졌던 태양이 모습을 드러냈다.

마력을 볼 수 있는 투아하데의 눈으로도 움직이는 생물은 하나도 찾을 수 없었다.

"명중…… 왕뱀 마물은 전멸했어. 뱀 기사들도."

너무나도 부조리한 파괴였다.

각각이 나와 동등한 힘을 가진 자였을지도 모를 기사들도 그 힘을 발휘할 기회조차 받지 못하고 죽었다.

어떤 의미에서 이것이야말로 궁극적인 암살이라고 할 수 있을 것이다.

나는 행글라이더에서 뛰어내려 바람 마법으로 쿠션을 만들고 착지했다.

【신창】을 맞고 푹 꺼진 착탄 지점을 내려다보았다.

바닥이 보이지 않는 나락이었다.

모델이 된 신의 지팡이는 핵폭탄처럼 환경을 오염시키지 않는 친환경적인 대량 살육 병기라는 말을 들었다.

이 정도 파괴를 가져오면 친환경이라고는 할 수 없다는 생각이 들었다.

"노이슈도 죽었나."

죽었을 터다.

마족과 달리 권속은 불사신이 아니다.

그리고 형태를 가진 존재가 이 화력을 맞고 무사할 수는 없다.

이로써 임무 완료.

—는 아닌 모양이다. 반사적으로 뽑은 단검으로 목을 보호했다.

흑은색 마검이 단검과 충돌. 텅스텐이라는 초경도 금속으로 만든 단검이 절반 넘게 잘렸다.

그걸 확인하며 뒤돌려차기를 날렸다.

습격자가 맞고 날아가면서 거리가 생겼다.

……평범한 단검이었다면 단검과 함께 목이 잘렸을 거다.

식은땀이 배어났다.

"너무하잖아, 루그 군. 우리 친구 아니었어? 이건 너무해."

"친구라서 진심으로 죽이려고 한 거야. 노이슈, 이만 끝내자."

【신창】을 직통으로 맞았을 터인 노이슈가 그곳에 있었다.

피한 것은 아닌 듯했다. 갑옷도 옷도 전부 소멸했고, 검게 빛나는 검만을 들고 있었다.

마족의 권속이 되면서 뭔가 능력을 얻었을 것이다.

그 능력이 뭔지 빨리 파악하지 못한다면 허를 찔릴 테고, 죽일 수 없다.

……신경 쓰이는 점이라면, 예전에 노이슈가 보여 줬던 까만 마검이 아니라 그것보다 성능이 낮은 마검을 쓰고 있다는 것이었다. 지금 노이슈가 들고 있는 흑은색 마검도 훌륭하지만, 그때 봤던 칠흑색 마검이 훨씬 더 훌륭했다.

그 까만 마검이었다면 내 단검을 양단할 수 있었다.

그 부분에 노이슈의 비밀이 숨어 있다고 봐야 할 것이다.

"훗, 루그 군은 착각하고 있어. 너는 네가 정의의 사도라고 생각하지?"

무지몽매한 어린아이에게 가르침을 주듯 우월감에 잠겨 있는 말이었다.

"정의의 사도라고 생각한 적은 없어. 나는 그저 알반 왕국의 이익이 되는 행동을 하고 있을 뿐이야."

암살 귀족의 역할은 나라의 병폐를 제거하는 것이다.

확실히 지금까지 제거한 귀족들은 마약 유통, 인신매매, 강도, 영리 목적의 살인 등 악한 짓을 했다.

하지만 나는 내가 정의라고 생각한 적이 없다.

암살 귀족은 어디까지나 국익을 지키는 도구에 불과하다. 그 이

상도 그 이하도 아니다.

그 결과 소중한 사람들이 웃어 준다면 그걸로 좋다.

"말은 잘하네. 【성기사】니 【성인】이니 실컷 떠받들리면서. 칭찬받고 싶어서, 정의로운 척하고 싶어서, 나서서 마족을 해치운 거잖아? 생각해 보면 처음 차질이 생긴 게 그 부분이야. 루그 군이 없었다면 네가 받는 찬사는 내 거였을 거야."

"그랬을지도 모르지. 내가 있기에 용사를 왕도에 잡아 둘 수 있었어. 내가 없다면 용사가 나설 수밖에 없어. 그랬다면 에포나의 수행원인 네가 찬사를 받았을지도 몰라."

내가 칭찬받고 싶어서 애쓰고 있다는 부분에는 할 말이 있지만, 내가 노이슈의 공적을 뺏었다는 점은 부정하지 않는다.

"하지만 안타깝게도. 루그 군이 한 일은 해악이었어. 내가 하는 일이야말로 정의야. 나만이 할 수 있는 일이지. 그러니까 방해하지 마. 방해하겠다면 나는 정의를 위해 친구를 베어야 해."

"……정의라. 그 정의가 뭔지 들을 수 있을까?"

"어쩔 수 없지. 내가 세계의 진실과 정의를 가르쳐 줄게."

어쩔 수 없다고 하면서도, 얘기하고 싶어 근질거리는 모습이었다.

나도 관심이 있었다.

노이슈가 행한 영민 학살. 지금부터 행하려고 했던 타 영지 학살. 그것이 어떻게 정의가 되는가?

대체 뱀 마족 미나가 무슨 말을 불어넣었는지.

십중팔구 노이슈를 이용하기 위한 거짓말일 것이다. 하지만 그

안에 내가 모르는 진실이 섞여 있을 것 같았다.

그런 내 속내를 눈치채지 못하고, 노이슈는 마치 무대의 주인공이 된 것처럼 과장되게 몸을 놀리며 이야기하기 시작했다.

"애초에 마족은 우리의 적이 아니었어."

"그렇게나 인간을 죽이는 마족이? 우리 학원은 파괴됐고, 도시두 개가 사라졌어. ……아니지, 게피스령도 포함하면 세 개인가. 그런데도 적이 아니라고 할 수 있나?"

"도시가 몇 개 사라지든 사소한 문제야. 마족은 세계를 존속시키기 위해 필요한 도구. 너무 많아진 영혼을 조정하는 장치였어!"

그 이야기는 다른 루트로도 들은 적이 있다.

"세계에 존재할 수 있는 영혼의 수는 정해져 있어. 그런데 영혼은 계속 늘어나지. 사람이 죽어도 영혼은 사라지지 않고 다시 순환해. 그래서 마족들은 【생명의 열매】를 만들어 영혼을 줄이는 거야."

이치에는 맞는 것처럼 들렸다.

사람이 죽어도 영혼은 하늘로 돌아가 표백되고 다시 내려온다.

하지만 【생명의 열매】의 재료가 되면 얘기가 다르다. 윤회에서 벗어나 소멸해 버린다.

"호오, 재미있네. 영혼의 수가 정해져 있다고 했는데, 계속 늘어나면 어떻게 되는 거지?"

"세계가 붕괴돼."

"그럼 왜 용사가 있는 거야? 마족이 조정 장치라면, 방해만 되는 용사라는 시스템은 필요 없을 테지."

"【생명의 열매】에 의해, 선택받은 마족이 마왕으로 바뀌어. 하지만 마왕은 영혼을 너무 많이 줄여. 용사는 조정을 끝낸 마족과 마왕을 없애기 위해 있어. 용사와 마왕은 한 쌍인 거야. 함께 세계의 존속을 위해 존재해."

"상당히 번거롭네. 더 직접적으로 조율할 수 있을 것 같은데?"

─그렇게 말은 했지만 잘 만들어진 시스템이었다.

인간은 죽일 수 없는 강대한 존재인 마족. 그것들이 인간의 수를 줄인다.

그러다 보면 마족 중에서 누가 마왕이 될지 경쟁이 시작되고 알아서 숫자가 줄어든다.

최후에는 딱 하나 남은 마왕을 용사가 죽이면 끝.

실로 경제적인 시스템이다.

"나도 그렇게 생각했어. 미나 님은 말씀하셨지. 이건 인류에게 부하를 줘서 진화를 촉진하는 시스템이기도 하다고. 마족이라는 위협─그에 대항하기 위해 사람은 협력하고, 인류는 하나가 되어 진화해. 마족과의 싸움 덕분에 얼마나 기술이 진보했는지 너도 알잖아?"

이건 완전히 금시초문이었다.

하지만 모순되지는 않았다.

군사 기술은 물론이고, 의료 기술, 유통 기술, 온갖 기술이 인류의 천적인 마족에게 대항하기 위해 진보했다.

전생에도 가장 크게 기술 혁신이 일어난 것은 언제나 전쟁 중이었다.

그리고 인류가 하나가 된다는 점도 틀린 말은 아니다.

마족이 날뛰는 가운데, 인류 간에 전쟁을 벌일 여유는 없다.

마족이 없었다면 틀림없이 인간끼리 전쟁이 일어났을 것이다. 지금과 같은 국제 정세에 큰 전쟁이 일어나지 않는 게 더 이상할 정도다.

"그래서 마족 님에게 협력한 건가? 그걸 위해 자기 영지의 백성을 바친 건가?"

"그래. 무척 마음이 아파. 하지만 누군가가 해야만 해! 할 수 있는 사람은 나밖에 없어. 나만이 마족을 적으로 단정 짓지 않고, 교섭하여, 답을 얻었어. 그게 너와 다른 점이야. 마족을 죽이고, 제거한다고 단정 지어 버린 너와 나의 차이야. 그런 나이기에 할 수 있는 일이 있어."

"죽이고 끝이 아닌 거구나."

"물론이지. 마족이 나타나서 인간을 【생명의 열매】로 만들고, 마왕이 태어나고, 용사가 죽이고…… 그런 시답잖은 일을 인류는 대체 몇 번이나 반복했지? 이런 어리석은 일을 대체 몇천 년이나 계속하고 있냔 말이야. 이런 웃기는 짓을 내가 끝내겠어."

"그 방법을 들어 볼까."

노이슈가 말한 대로, 마족이 나타나고, 마왕이 탄생하고, 용사가 토벌하는 일이 수없이 되풀이되고 있는 것은 역사서로도 확인했다. 마치 끝나지 않는 왈츠처럼.

"미나 님을 무적의 마왕으로 만들 거야. 그리고 앞으로 미나 님은 세계를 정복하고 관리할 거야. 영혼이 너무 늘어나지 않도록. 인간을 정기적으로 솎아내는 거지. 나와 내가 이끄는 기사들이 그 역할을 맡을 거야. 가치가 없는 인간을 죽이고, 훌륭한 인간을 남기는 거야."

"과연, 그렇군. 그러면 앞으로 학살 같은 건 안 일어나겠네."

"좋은 생각 같지?! 죽어야 할 인간만 죽는 거야. 이 세계에는 무능한 자가 가득해. 무능한 자를 솎아 내기만 하면 수천 년간 반복된 비극이 끝나. 이제 용사 같은 건 필요 없어. 나야말로 세계를 구할 영웅이야!"

그는 흥분을 감추지 못했다.

참을 수 없이 기분이 좋은 거다.

그 고양감은 마치 신이라도 된 기분이리라.

"그래, 루그 군. 내 부하가 되지 않을래?"

"예전 생각이 나네. 입학시험을 치렀던 날, 똑같은 말을 했었지. 사실은 기뻤어. 나는 동성 친구가 별로 없으니까."

지금도 기억난다.

처음에는 재수 없는 녀석이라고 생각했었다.

하지만 조금 얘기해 보고 알았다.

이 녀석은 진심이고, 내 힘을 인정했기에 내가 필요하다고 말했다는 것을.

"내 마음은 그때와 똑같아. 너도 미나 님한테 마물로 만들어 달라고 해서 함께 이 세계를 좋게 만들자. 지금까지 네가 저지른 무례를 용서할게. 나를 깔봤던 것도 잊어버리겠어."

올곧은 선의.

이것이야말로 옳은 일이라고 여기고 있었다.

노이슈의 결단에 이른 모든 전제가 옳다면, 어떤 의미에서 그것도 한 가지 방법이리라.

"아니, 너는 달라져 버렸어. 유감이야. 나는 함께할 수 없어."

나는 단검을 들었다.

"나랑 싸우려고?"

"아니, 죽일 거야."

그건 내 각오였다.

친구로서 싸우는 게 아니라, 암살 귀족으로서 알반 왕국의 병폐를 제거하겠다.

이미 노이슈는 병폐로 간주했다.

그래, 용서도, 자비도, 동정도 없다.

그저 죽인다.

그렇게 정했다.

제
17
화
│
암
살
자
는
친
구
를
죽
인
다

The world's
best
assassin, to
reincarnate
in a different
world
aristocrat

죽이겠다고 말했다.

이제 돌이킬 수 없고, 그럴 생각도 없다.

투아하데의 눈으로 노이슈를 관찰했다.

눈에 보이게 마력이 커짐을 알 수 있었다. 근육도 공격하기 위한 예비 동작에 들어가 있었다. 완전한 전투태세.

그런데도 노이슈가 나를 보는 얼굴은 평소처럼 친구를 보는 얼굴이었다.

즉, 싸울 각오는 했지만, 죽고 죽이는 것이 아닌 다른 길을 찾고 있다.

"나를 죽이겠다고 했지. 너는 우수하지만 시야가 좁아. 이렇게나 설명했는데 알반 왕국만 생각해. 그게 너의 한계야, 암살 귀족."

"그 직함으로 나를 부르는 건가?"

투아하데가 암살 귀족이라는 걸 노이슈가 알고 있다고 해서 새삼 놀랍지는 않았다.

노이슈의 주인인 뱀 마족 미나는 나라의 중추까지 들어가 있고, 애초에 4대 공작가는 왕가와 몹시 가깝다.

표면상으로 투아하데의 정체를 아는 것은

왕족과 직접적인 상사인 로마룽그 공작가뿐이라고 되어 있지만, 그건 명목에 불과하다.

"섭섭하네, 친구인데. 너는 끝까지 네 입으로 비밀을 말해 주지 않았어."

"그게 암살 귀족 투아하데의 방식이고, 내 긍지야."

"나와의 우정보다도 소중해?"

"비교할 거리가 아니지. 『일이 소중해, 내가 소중해?』라고 묻는 여자, 어떻게 생각해?"

농담하듯 말했다.

노이슈와 계속 대화하는 것은 틈을 만들기 위한 작업임과 동시에, 최후의 순간까지 시간을 끌고 싶다는 물러 터진 마음이 내 안에 있기 때문이었다.

"아하하하하, 그건 확실히 성가시네. 뭐, 그건 그렇고, 너는 나를 죽일 각오를 했지만, 나는 아직 포기하지 않았어."

"나도 너처럼 마족에게 영혼을 팔라고?"

"응, 바로 그거야. 너도 머리로는 알고 있잖아? 영혼의 수를 줄이지 않으면 세계가 멸망해. 아무리 마족을 쓰러뜨려서 사람들을 지켜도 아무런 의미도 없어. 네가 마족을 전부 해치우더라도 금방 다음 마족이 나타나지 않을까?"

노이슈는 마치 떼쓰는 아이를 달래듯이 말했다.

"그럴지도 모르지. 지금 습격받는 사람들을 구한 탓에 세계가 멸망한다면 본전도 못 찾는 거야."

"너는 암살 귀족이니까. 당장 눈앞에 보이는 일에 사로잡히는 것이 얼마나 위험한지 알 거야. 정의의 사도 놀이는 그만하고, 나처럼 살아야 할 사람이 살 수 있도록 해야 해. 아니면 지금까지 그랬듯 마족을 쓰러뜨리고 찬사받고 싶어?"

"똑같은 말 또 하게 하지 마. 나는 암살 귀족이야. 원래부터 찬사 같은 건 바라지 않아. 이 나라의 그림자로서 그저 국익을 위해 칼을 휘둘러 왔어."

영웅이 되고 싶은 소망.

그건 누구에게나 있는 감정이고 나도 예외는 아니다. 인간은 자기과시 욕구로부터 벗어날 수 없다.

하지만 나는 세계를 구하기 위해 전생하게 된 존재고, 알반 왕국의 국익을 지키기 위한 칼이다.

바라는 것은 찬사가 아니라, 국익이어야만 한다.

나는 그렇게 해 왔다고 자부하고, 그건 자기과시 욕구를 웃돈다.

"그럼 내게 협력해야 해. 특전도 있어. 희생자를 고를 권리를 너한테도 줄게. 우리가 솎아낼 인간을 고르는 거야. 고르는 자가 되면 너의 소중한 사람들을 솎아내지 않아도 돼. 아아, 그래. 알반 왕국을 위해 칼을 휘두르는 것이 그렇게나 자랑스럽다면, 다른 나라 녀석들을 솎아내도 돼. 네가 사랑하는 국익을 지킬 수 있어."

매력적인 특권이다.

소중한 고향인 투아하데령을, 상인으로서 지냈던 상업 도시 무르테우를, 무엇보다 소중한 가족과 연인을 지킬 수 있다.

나는 박애주의자가 아니다.

누구의 목숨이든 평등하다고 지껄일 생각은 없다.

만약 이름도 모르는 누군가와 소중한 사람을 저울에 올려야 한다면 망설이지 않고 후자를 택할 것이다.

"도저히 이해할 수 없는 점이 하나 있어. 나는 고향인 투아하데령을 사랑해. 그렇기에 방금 그 제안에 마음이 흔들렸어. 너도 그렇지? 게피스 공작가의 차기 가주, 노이슈 게피스? 그런데 너는 게피스령을 제물로 바쳤어. 어떻게 그럴 수 있었지?"

"훗, 내 각오야. 앞으로 나는 인간을 걸러낼 거야. 그러려면 먼저 내가 아픔을 알아야 해. 사랑하는 영민을 스스로 심판한 나이기에 세계를 위해 죽어 달라고 할 수 있어."

그 눈에는 강한 의지가 담겨 있었다.

슬픔을 억누르려고 하지만 완전히는 숨기지 못했다.

흡사 비극의 주인공 같았다.

미소년인 노이슈는 그 모습이 매우 그럴싸했다.

아아, 너무나도…….

"……우스꽝스러워. 꼴불견이야."

떠오른 말을 그대로 꺼내자 노이슈의 관자놀이에 핏줄이 불거졌다.

"……아무리 친구라지만 해도 되는 말이 있고 하면 안 되는 말이 있어. 내 각오를 무시하지 마. 내가 얼마나 괴로워하고 슬퍼하며 이 결단을 내렸는지 알아?! 소중한 영민을 직접 죽이는 게 얼마나 고통스러운지, 네가 아냐고!"

"너는 자기희생이라고 생각했겠지만 틀렸어. 아파하게 된 건 게피스령의 영민들이야."

"그래, 아픔을 짊어진 건 우리 영민이지. 그래서 내 가슴은 이토록 괴로워!"

노이슈가 격앙했다.

하지만 나는 물러나지 않았다.

똑같은 차기 영주이기에 양보할 수 없는 것이 있었다.

"확실히 말해줄까? 너는 단순한 살인자야. ……영민은 너의 소유물이 아니야. 우리 귀족의 역할은 나라가 빌려준 백성과 토지를 지키는 거야. 너는 그 근본을 틀렸어. 그래서 멋대로 영민을 죽여 놓고 비극의 주인공 행세를 할 수 있는 거야. 다시 말하지. 아픔을 짊어진 건 네가 아니야. 영민이야."

우리 귀족은 영민을 이끌고, 지키고, 풍족하게 하여 세금이란 형태로 대가를 받는다.

귀족과 영민은 대등한 입장이다.

소유물이 아니다.

"알아! 그래도 나는 영민을 바쳤어. 아픔을 강요하는 내가 먼저 아픔을 알기 위해."

정말이지, 안타깝다.

이렇게까지 말했는데도 통하지 않는 건가.

"모르니까, 가해자면서 비극의 주인공인 척할 수 있는 거야……. 게피스령의 백성은 안됐군. 너같이 착각에 빠진 놈이 차기 영주라서. 불쌍해."

"닥쳐, 입 다물어!"

"안 다물어. 애초에 왜 그렇게 간단히 마족의 말을 믿지? 마족은 인류의 적이야. 거짓말일지도 몰라. 영혼의 무게 때문에 세계가 멸망하는 게 정말인지 확인했어?"

나는 어떤 정보든 일단 의심해 보고 진위를 확인한다.

뒷세계에서 정보는 황금 이상의 가치가 있고, 그렇기에 가짜가 나돈다.

"닥치라는 말 안 들려?!"

"안 닥쳐. 너는 마족에게 속아서 세계를 구할 생각으로 영민을 몰살했을 뿐일지도 몰라."

"그럴 리 없어. 나는, 나는, 진정한 영웅이 됐다고. 루그보다, 내가 더……!"

"드디어 본심이 나왔네. 세계를 구한다느니, 자기희생이니, 각오라느니 했지만, 그저 자기 과시욕을 채우고 싶었을 뿐이잖아. 세계 따위 어찌 되든 좋아. 사실은 그저 나보다 아래라는 걸 견딜 수 없었던 거야."

"닥쳐어어어어어어어어어어어어어어어어어어어어어어어!"

노이슈가 격앙하여 오른손을 뻗었다.

그 손이 왕뱀이 되어 총알보다 빠른 속도로 다가왔다. 하지만 다음 순간, 노이슈의 목이 날아가고 왕뱀이 된 팔은 힘없이 늘어져 내게 도달하지 못했다.

사각지대에서 저격한 것이었다.

"미안. 나는 암살 귀족이야. 이런 방식밖에 못 써."

노이슈의 생존을 확인한 단계에, 위장한 고정 포대를 몇 개를 설치해 뒀다.

그 고정 포대는 마법으로 원격 조작이 가능했다.

따로 조준할 수는 없지만, 화술과 처세술을 구사해 사선으로 유도할 수는 있었다.

마족의 힘으로 강화되어 【신창】 폭격에도 죽지 않는 상대와 정면으로 싸운다니 말도 안 되는 일이다.

나는 기사가 아니라 암살자다. 싸움에 미학도 긍지도 예절도 바라지 않는다.

그저 죽인다.

하지만 목을 딴 것만으로는 안심할 수 없었다.

"【총격】."

가지고 있던 총을 뽑아서 머리를 잃은 노이슈의 몸에 모든 총알을 박았다.

신형 총.

오늘을 위해 준비한 것이었다. 평소에 쓰던 총으로는 위력이 불안했다.

세계 최강의 권총이라고 불렸던 Pfeifer Zeliska^{파이퍼 젤리스카}를 베이스로 만든 애용품을 더욱 개조했다.

Pfeifer Zeliska······ 권총의 이점인 휴대성과 기동성을 전부 무시하고 크기를 대형화한 초화력 권총.

사용하는 탄환은 .600 Nitro Express.

원래는 라이플에 쓰이는 탄환이고, 그것도 코끼리나 버펄로 같은 대형 동물을 잡기 위해 쓰지, 인간에게 쓰는 물건은 아니었다.

이것과 비교하면 고위력 권총의 대명사인 데저트 이글조차 아기 장난감 같아진다.

그런 강력한 탄환을 더더욱 강화했다.

전생의 화약보다 훨씬 폭발력이 높은 팔석 파우더를 사용했고, 탄두를 더욱 관통력이 강한 텅스텐으로 바꿨다.

그 반동은 어마어마해서 마력으로 신체 능력을 강화하지 않으면 한 방에 어깨가 망가질 정도였다.

위력만을 추구한 결함품. 하지만 이 위력이 무엇과도 바꾸기 어려운 장점이다.

"······미안, 노이슈."

모든 총알을 다 썼다.

노이슈의 몸은 원형도 남아 있지 않았다.

이 정도 위력이 되면 탄환이 착탄한 곳의 주변 수십 센티가 날아간다.

그래도 방심하지 않았다.

주위에 바람 속성 탐지 마법을 사용하면서 재빨리 탄환을 재장전했다.

이걸로 끝이라는 생각은 안 들었다.

이 정도로 끝날 거였으면 【신창】에 죽었을 거다.

아직 노이슈가 【신창】에도 죽지 않은 이유를 해명하지 못했다.

"칫."

발바닥에 희미한 진동이 느껴졌다.

탐지 마법에는 아무런 반응이 없었지만, 그래도 감을 믿고 뛰었다.

다음 순간, 조금 전까지 내가 서 있던 곳에서 하얀 뱀이 총알 같은 기세로 튀어나와 돌진해 왔다.

탐지 마법에 반응이 없을 만했다. 지하는 바람 속성 탐지 마법의 범위에 들어가지 않는다.

피할 수 없다.

가드하려고 양팔로 급소를 보호했다.

하지만 뱀은 속도를 줄이지 않고 궤도를 바꿔서, 가드 아래, 복부를 강타했다.

우두둑, 둔탁한 소리가 났다.

과부하가 가해지면 부러져서 충격을 줄이는 내충격 프레임 기구가 작동한 증거였다. 그래도 충격을 완전히 없애진 못해서 몸이 날아갔다.

'용사 에포나의 일격과 동격인가―!'

이 내충격 프레임은 트럭과 정면충돌해도 버틸 수 있도록 설계했는데 한 방에 망가졌다.

이게 없었다면 갈비뼈가 분쇄되어 장기가 상했으리라. 수리해 두

길 잘했다.

낙법을 취해 충격을 줄이며 착지하고 내 의지로 더 굴렀다.

지하에서 뱀이 한 마리, 아니, 두 마리 더 나왔다. 좌우에서 가하는 협공에 더해, 정면에서는 맨 처음 나왔던 뱀이 공격해 왔다.

망설이지 않고 뒤로 뛰고, 바람으로 몸을 밀어 가속했다.

그 덕분에 세 방향에서 가해진 동시 공격은 전부 정면 공격이 됐다. 그 타이밍에 팔석을 던졌다.

담는 마력을 조정하여 만든 지향성 폭탄.

폭풍과 쇳조각이 정면에 뿌려졌다. 노린 대로 세 마리 뱀을 죽였다.

바람 마법을 사용해 부유했다.

하늘이라면 지하에서 가하는 기습을 받을 일도 없다.

"노이슈, 아직 살아 있지? 나오는 게 어때?"

그 말에 반응하듯 땅속에서 남자가 나타났다.

"이 공격에 안 죽는 인간이 있다니 놀라워. 너, 사실은 용사 아니야?"

"아쉽지만, 평범한 인간이야. 그래서 다소 궁리를 하는 거지."

나타난 노이슈를 관찰했다.

아까와 장비가 달랐다.

분명 저건 게피스 가문의 가보라던 갑옷이다.

마하가 모았던 신기 일람에 정보가 있었다. 수많은 전장에 나갔는데도 흠집 하나 나지 않았다는 일화가 있는 명품.

그리고 허리에는 예전에 봤던 까만 마검이 있었다.

왜 조금 전까지 성능이 떨어지는 흑은색 마검을 썼는지 이제 알겠다.

"처음 없앤 노이슈는 가짜인가."

"가짜가 아니야. 네가 죽인 두 명의 나는 모두 진짜였어. 내막을 공개하기로 할까. 나는 세 번째 나야. 뱀은 재생과 불사를 관장하지. 미나 님에게 특별한 뱀을 두 마리 받았거든. 그 두 마리는 내가 되었어. 전부 진짜야. 세 명이 됐지만 움직일 수 있는 나는 한 명뿐이라서. 한 명이 죽으면 저택에 잠들어 있던 내가 깨어나서 죽은 나와 장소를 바꿔. 굉장한 힘이지?"

뱀 마족 미나에게 힘을 받았다는 건 알고 있었지만, 설마 이렇게까지 비인간적일 줄은 몰랐다.

"一그 정보는 말하지 말아야 했어."

비행하기 위해 휘감고 있던 바람을 추진력으로 바꿔서 급강하했다.

노이슈 주위의 땅에서 차례차례 뱀 마물이 나타났다.

【신창】의 폭격 범위 밖에 있던 개체가 모여들고 있는 것 같았다.

그중 세 마리가 투창처럼 뛰어올라, 하늘에서 다가오는 나를 요격했다.

노이슈와 함께 뱀 마물이 범위에 들어가도록 위치를 잡고, 지향성 폭탄용으로 조정한 팔석을 여러 개 던져 폭발시켰다.

폭풍과 쇳조각이 휘몰아쳤다. 하지만 아까와 달리 세 마리 모두 파괴의 소용돌이를 뚫고 나왔다.

자세히 보니 비늘이 금속광택을 띠고 있었다.

아까와는 다른 종류의 마물인가?

"칫."

권총을 속사해 두 마리를 맞히고, 그 반동을 이용해 세 번째 뱀을 피한 후, 착지하여 지상에서 세 번째 뱀을 쐈다.

'팔석 폭발을 버틸 수 있어도, 위력이 집중된 대구경탄은 효과가 있는 거네.'

노이슈 쪽으로 시선을 돌리자 흙먼지가 걷혔다.

창처럼 돌진해 온 뱀보다도 훨씬 큰 왕뱀이 똬리를 틀어 노이슈를 보호하고 있었다. 저 뱀이 팔석의 지향성 폭파를 막은 듯했다.

여러 쇳조각이 뱀의 몸에 박혔고 표면은 그을었지만, 치명상과는 거리가 멀었다. 아주 튼튼했다. 그 뱀이 몸을 일으키자 안쪽에서 노이슈가 나타났다.

"이것 참, 흉흉하네. 이제 나는 죽어도 대신할 몸이 없는데. 너무해."

나는 권총에 부속 장치인 롱 배럴을 장착하여 라이플로 만들고 4연속 저격을 가했다.

모여든 뱀들이 그걸 전부 대신 맞았다.

"소용없어. 이 아이들은 내 부하 중에서도 특별해. 오리할콘급으로 단단한 비늘을 가지고 있지. 거기선 나를 죽일 수 없어. ……귀족답게, 기사답게, 검으로 싸우자. 응, 암살 귀족~?"

노이슈가 돌진해왔다.

빠르다. 비행 마법을 쓸 여유도 없었다.

지향성 폭탄용 팔석을 던졌지만, 기폭 임계에 도달하기 전에 노이슈가 팔석을 지나치며 뒤에서 폭발했다.

노이슈가 까만 마검을 뽑아 찌르려 들었다.

피할 수 없다.

권총으로 막자, 권총이 간단히 부서졌다. 하지만 그 대가로 시간은 얻었다.

노이슈의 관자놀이로 하이킥을 날렸다.

내 부츠는 밑창과 앞코에 금속이 덧대져 있었다. 그건 방어구가 되고 무기가 됐다. 그래서 이걸 한 번 본 네반도 똑같은 부츠를 만들어 애용했다.

힘껏 날린 발차기, 그 끝이 금속이라면 두개골 따위는 쉽게 깨진다.

마치 금속끼리 부딪치는 것 같은 소리가 났다. 자세히 보니 비늘이 노이슈의 피부를 빽빽하게 덮고 있었다.

상관하지 않고 끝까지 발을 휘둘렀다. 대미지는 주지 못했지만 자세는 무너뜨릴 수 있었다.

허벅지에 매어 뒀던 대형 나이프로 추격타를 가했으나, 노이슈는 검으로 막고 밀어냈다.

역시 신체 능력으로는 마족의 힘을 받은 노이슈를 이길 수 없었다.

거리를 둬야 한다. 하지만 내가 후퇴하는 것보다도 노이슈가 파고드는 것이 더 빨랐다. 거리를 두지 못하고 칼싸움이 시작됐다.

"암살 귀족인 네가 가장 싫어하는 게 이거겠지!"

노이슈는 거친 숨을 내쉬며 진심으로 즐겁다는 듯 검을 휘둘러댔다.

나는 말없이 대응했다.

"초근거리. 허를 찌를 여지도, 잔꾀를 쓸 틈도, 마법에 기댈 여유도 없어. 기사의 거리야!"

나는 기사로서도 실력을 갈고닦았지만, 결국엔 본업이 아니다.

이 거리에서는 노이슈가 유리했다.

노이슈의 공격은 점점 거세졌다.

이전의 노이슈라면 숨이 차서 틈을 보일 만한 페이스인데 그럴 조짐은 전혀 보이지 않았다.

최소한의 동작과 힘으로 대응하여 압도적으로 체력 소모가 적을 터인 내가 오히려 궁지에 몰리고 있었다.

"기사의 거리에서 저항하는 건가, 암살자! 훌륭한 기술이야!"

이 상황을 타개해야 하는데 그 실마리가 잡히지 않았다.

신체 능력이 더 뛰어난 상대에게 이 거리까지 접근을 허락해 버린 것이 치명적이었다.

아무리 쓸 수 있는 패가 많아도, 쓰지 못하면 말짱 도루묵이다.

'강하고 빠르고 솜씨가 좋아. 어떤 특수 능력보다도 성가셔.'

공격을 포기하고 수비에 전념하여 어떻게든 막을 수는 있었다.

짜증스럽게도 노이슈는 확실한 한 방을 먹이려 들지 않았다. 그저 거리를 두지 못하게만 하는 착실한 소모전으로 끌고 갔다.

체력과 신체 능력이 나보다 더 뛰어난 노이슈는 이 방식으로 이길 수 있다고 보고 있었다.

그 증거로 일부러 빈틈을 보여 줘도 낚이지 않았다.

급한 마음에 끝장내려 든다면 빈틈이 생길 테고, 그렇게 빈틈이 생기면 거리를 둘 수 있을 텐데.

이대로 있으면 당한다.

상대가 도박에 나서지 않는다면 내 쪽에서 도박에 나설 수밖에 없다.

"……노이슈, 다시 생각해."

"죽이겠다고 했으면서 뭘 새삼."

"지금이라면 만회할 수 있어."

"늦었어. 여기서 멈추면 나는 단순한 반역자로 끝나겠지. ……아까 죽으면서 머리가 좀 식었는데, 나는 미나 님이 한 말이 진짜든 아니든 상관없어. 미나 님이 세계를 정복하면 어차피 그게 진실이 돼."

노이슈에게 망설임은 없었다.

어떤 말도 통하지 않는다.

'뻔뻔해지기로 했나.'

어느 시대든 진실은 승자가 만든다.

승자의 말이 진실이 되는 것은 진리다.

"그러니 루그 군, 나를 위해 죽어 줘."

나이프가 양단되고, 그 기세를 몰아 노이슈의 까만 마검이 얼굴의 피부를 찢었다.

상처는 얕지만 출혈이 심했다.

힘껏 뒤로 뛰었으나, 아까와 마찬가지로 간단히 거리가 좁혀졌다.

까만 마검을 정면으로 막으면 이렇게 될 줄 알았기에 각도를 틀어서 흘려 넘겼었다.

하지만 피로로 대응이 늦어지며 이 위기를 만들었고, 억지로 거리를 벌리려고 한 꼴사나운 도약이 한층 더 빈틈을 만들었다.

……그렇게 노이슈가 생각하도록 행동했다.

이게 도박이었다.

일부러 틈을 보이고 노이슈가 치고 들어오게 해서 빈틈을 만든다.

비슷한 일은 아까부터 하고 있었다. 하지만 노이슈쯤 되는 검사는 가짜 빈틈이라는 걸 간파해서 통하지 않았다.

그래서 진짜 빈틈을 만들었다.

실제로 다음 일격은 절대 피할 수 없다.

노이슈가 선택한 것은 사선베기였다.

줄곧 기다렸던 큼직한 동작.

까만 마검이 내 왼쪽 어깨로 다가왔다.

노이슈의 기량과 까만 마검이 합쳐지면 갑옷도 양단할 수 있을 것이다. 그런 일격을 흘깃 보고서 거리를 바짝 좁혔다.

"죽을 각오로 연기한 거야? 예상했어."

금속광택을 띠는 뱀이 노이슈의 갑옷에 감겼다.

노이슈의 검이 왼쪽 어깨에 닿았다.

……디아와 타르트를 위해 만들었던, 인형술사 마족의 실로 만든 방검복. 그걸 나도 입고 있었다.

강인한 섬유가 칼날의 침입을 막아 줬다. 하지만 충격까지 없애지는 못했다. 둔탁한 소리가 나며 왼쪽 어깨가 완전히 부서졌다.

격통을 견디고, 다가간 기세를 몰아 움직이지 않을 터인 왼손을 마력으로 억지로 움직여서 똑바로 주먹을 내질렀다. 당연히 느리고 약했다.

"소용없어."

제대로 된 공격이라면 그럴 것이다.

노이슈가 걸친 신기와 마물의 이중 방어를 뚫는 것은 도저히 불가능하다.

하지만 내 왼손에는 지향성 폭탄이 되도록 조정한 팔석이 들려 있었다.

주먹을 펼침과 동시에 팔석이 임계를 맞이하며 작렬했다. 어차피 망가진 팔, 이 자리에서 쓰고 버린다.

노이슈와 내가 반대 방향으로 튕겨 날아갔다.

지향성 폭탄이라고는 하지만, 영거리에서 던지면 나도 무사할 수 없다.

왼팔의 팔꿈치 아래쪽은 중증 화상을 입었다.

게다가 복잡골절까지. 어깨도 노이슈의 일격에 부서졌다.

아무리 【초회복】이 있다고 해도, 이렇게나 망가지면 내버려 둬도 낫지 않는다.

이 싸움에서는 이제 왼팔을 못 쓴다.

하지만 거리는 벌렸고, 대미지도 줬다.

신기급 갑옷이든, 비늘이든, 코앞에서 폭탄이 터졌는데 멀쩡할 수는 없다. 열은 전신을 태우고, 소리와 충격파는 감각 기관을 유린한다.

'왼팔을 희생한 보람은 있었어.'

일어나서 노이슈를 노려보았다.

눈은 탔고, 코는 문드러졌고, 귀는 고막이 터져 있었다.

왼팔을 대가로, 무기를 쓸 시간과 다음 일격을 확실하게 맞힐 틈을 손에 넣었다.

이것이 처음이자 마지막 기회다.

두 번째는 통하지 않는다.

'신기 갑옷과 비늘의 방어. 양쪽을 뚫을 만한 화력이 필요해.'

최고 화력인 【신창】이라면 가능할 것이다.

하지만 그건 착탄하기까지 10분 넘게 걸린다.

다음으로 위력이 높은 레일건도 발사하는 데 수십 초는 걸린다.

노이슈의 불탄 얼굴이 순식간에 회복되어 갔다.

그는 머지않아 오감을 되찾을 것이다.

당장 쓸 수 있는 큰 화력이 필요했다.

지향성 폭탄형 팔석은 논할 가치도 없다. 【일제 포격】으로도 화력이 부족하다.

그러니 그걸 쓴다.

'힌트는 디아가 지중룡 마족에게 날린 일격에 있었어.'

몇십 개의 팔석을 사용한 공격.

그저 막연하게 던지는 것이 아니라, 적을 중심에 두고 무수한 폭파를 일으켜 그 충격이 한곳에 집중되도록 입체적으로 배치한 압살.

그걸 이용한 병기를 전생에서는 클러스터 폭탄이라고 했다.

원래는 꼼꼼히 계산하여 정교하게 마법을 짜야 하지만, 그걸 시스템화했다.

그리고 그건 마법만으로는 완성되지 않는다. 전용 병기와 함께 운용한다.

"【클러스터 폭격】."

【두루미 혁낭】에서 오로지 【클러스터 폭격】이라는 마법을 위해 만든 병기를 꺼내 투척했다.

야자열매처럼 생겼으며, 철제 피막 안에 완충재와 화약, 그리고 특수한 소형 팔석 스무 개가 탑재되어 있었다.

그것이 마법에 의해 표적의 머리 위로 가서 첫 번째 폭발을 일으켰다.

첫 번째 폭발의 정체는 팔석이 아니라 단순한 흑색 화약, 그것도 위력을 매우 낮게 조정한 것이었다.

철제 피막이 터지면서 안에 있던 팔석이 흩어져 노이슈를 에워싸는 배치로 공중에 정지했다.

폭발의 위력을 전부 중심에 집중시키는 이상적인 배치였다.

모든 소형 팔석이 임계 상태가 되었고…… 완벽히 동시에, 0.1초의 오차도 없이 폭발했다.

빠져나갈 곳을 잃은 충격과 열이 노이슈가 있던 공간에 초밀도로 머무르며 태양 같은 거대한 염열구(炎熱球)가 되었다. 대지가 도려내지며 단면이 거울처럼 반짝였다.

"이게 바로 디아의 고도의 연산을 시스템화하고 병기화한, 실전에서 사용 가능한 최고 화력…… 【클러스터 폭격】이야."

클러스터 폭격의 원리는 심플하다.

폭발은 충격파와 열이 방사상으로 퍼진다.

대상에게 가할 수 있는 충격과 열은 전체 양의 몇십분의 일에 불과하다.

하지만 무수한 소형 폭탄을 사용하여 대상을 에워싸고 폭파시키면 어떻게 되는가?

전방위에서 동시에 열과 충격이 대상을 덮쳐 압박한다. 단순히 폭탄을 뿌렸을 때와 비교하면 위력은 여덟 배 이상. 그것도 팔석을 스무 개나 쓴 여덟 배다.

이걸 버틸 수 있는 생물이 존재할 리 없었다.

"미안, 죽이고 싶지는 않았어. 하지만 죽이기로 했어."

만약 미나가 노이슈에게 불어넣은 말이 정말이더라도, 인간을 솎아내는 짓은 안 한다. 그 방식에는 치명적인 결함이 있다.

다른 방법을 찾아내겠다.

【신창】을 버틴 것은 대역 덕분이라고 했는데, 노이슈의 말을 믿는다면 대역은 둘.

이로써 모두 죽었다.

나는 천천히 숨을 고른 후 장비를 수납했고…….

"커헉—."

그런 내 가슴을 뚫고 까만 마검이 나왔다.

"바보구나. 그 말을 믿었어? 대역은 사실 셋 있었어. 너의 약삭빠름을 흉내 내 봤지. 세 명이라고 말해 두면 세 번째를 죽이고 방심할 것 같아서. 그게 아니라면 이런 중요한 사실을 말할 리가 없잖아."

노이슈가 뒤에 있었다.

그랬군. 그렇게 간단히 내막을 밝혔던 것은 만에 하나 죽었을 때 허를 찌르기 위함이었나.

"―역시나."

나는, 아니, 나의 환영은 웃었다.

내 모습이 일그러지며 녹았다. 그리고 단순한 금속 덩어리가 되었다.

"뭐야, 이건?! 검이, 검이 안 빠져!"

검을 힘으로 뽑으려 하는 노이슈의 발밑에서 쇠말뚝이 나와 철창이 되었다.

그는 눈치챘어야 했다. 노이슈에게 마족의 말을 곧이곧대로 듣지 말라고 한 내가, 적의 정보를 곧이곧대로 들을 리가 없다는 것을.

처음부터 의심했고 대책도 세워 뒀다.

세 번째를 죽인 후의 빈틈을 노리는 것 정도는 가장 먼저 의심해야 할 일이었고, 거기에 함정을 깔았다.

노이슈를 죽임과 동시에 흙먼지 속에서 금속 인형을 만들어 거리를 벌리고, 멀리서 빛의 굴절을 이용한 마법으로 내 모습을 투영했다.

그곳에 진짜 비장의 카드가 떨어졌다.

아득한 천공에서 내려온 신의 창.

이게 바로 나의 비장의 카드. 【신창】 궁니르.

움직이는 적을 맞힐 수는 없어도, 미끼를 준비하고 그곳에 떨어뜨리는 것은 쉽다.

이건 보험이었다.

불필요해진다면 그것대로 상관없다고 생각했다.

음속의 몇십 배에 달한 신의 창이 착탄.

착탄점을 중심으로 흙의 해일이 퍼지며 수백 미터에 이르는 거대한 구멍을 뚫었다.

"기습과 속임수는 암살자의 영역이야. 그런 건 알고 있었을 텐데……노이슈, 네 눈에는 내가 보이지 않았던 거야."

이번에야말로 노이슈는 진짜 죽었다.

노이슈는 틀렸다.

기사로서 싸웠다면, 자기 영역에서 싸웠다면 이렇게 지지는 않았을 것이다.

아니, 뱀 마족 미나의 힘에 손을 뻗은 것부터가 잘못된 일이고, 그건 내 탓이다.

노이슈가 미나의 꾐에 넘어가게 된 계기는 나에 대한 열등감이니까.

"눈물인가."

나는 흘릴 자격이 없는데.

눈물을 닦았다.

아직 해야 할 일이 남아 있었다.

친구를 죽이면서까지 하기로 결심한 일이다.

여기서 멈춰 설 수는 없고, 나 자신도 그건 용납할 수 없다.

나는 아픈 몸을 끌고서 걷기 시작했다.

Epilogue

에
필
로
그

The world's
best
assassin, to
reincarnate
in a different
world
aristocrat

그 후, 온갖 탐지 마법과 해석 마법을 사용해 주위를 살펴서 노이슈의 생존 가능성이 없음을 확인한 다음에 게피스령으로 돌아갔다.

에포나는 무사히 뱀 마족 미나를 대도시 게일에서 떼어 놓는 데 성공하여, 지금도 떨어진 곳에서 싸우고 있었다.

그리고 게피스령으로 달려온 로마룽그 공작가의 정예 마법기사들이 도시를 지배하던 마물과 뱀인간을 소탕하여 도시는 해방된 상태였다.

디아와 타르트가 그 정예 마법기사들과 동행하여 활약한 듯했다.

게피스령의 기사들이 마물로 변해 조종당했음에도 불구하고 단기간에 제압할 수 있었던 것은 전력 대부분을 노이슈가 데려갔기 때문이리라.

나는 기사단이 설치한 작전 본부에 가서 마물로 변한 노이슈가 무슨 짓을 하려고 했는지 전하고, 노이슈와 그 부하들을 죽였음을 보고한 후, 구호실을 빌렸다.

"왼팔을 처치해야지."

전투 중에 노이슈의 빈틈을 만들기 위해 희생한 왼팔이 몹시 아팠다.

【초회복】은 어디까지나 자연 치유력을 향상할 뿐이라서, 내버려 둬도 낫는 상처만 낫는다.

노이슈의 검을 맞아 생긴 왼쪽 어깨의 단순 골절은 문제없이 낫겠지만, 팔석의 반동으로 입은 중증 화상과 복잡골절은 상응하는 처치를 하지 않으면 절대 낫지 않는다.

구호실이라서 의사는 있었지만 내가 직접 치료하는 것이 가장 빨랐다.

투아하데의 의료술을 구사하는 나보다 뛰어난 의사는 이곳에 없다.

각오를 다지고서 신기인 제삼의 팔을 전개, 부서진 뼈를 적출한 후, 나머지 뼈를 금속 마법으로 보강해 형성. 화상을 입어 죽은 피부 세포를 벗겨 내고, 살아 있는 피부를 다른 곳에서 떼어 와 붙여 나갔다.

이만큼 해 두면 【초회복】으로 나을 것이다.

마법과 【초회복】이 있으면 이런 무모한 짓도 할 수 있다.

얼추 처치가 끝난 후에는 특별한 테이프로 감고, 골절 부위를 고정하도록 금속으로 깁스를 만들어 보호했다.

아마 사흘만 있으면…… 【초회복】의 효과로 나을 것이다.

완전히 원래대로 돌아가진 않겠지만.

"루그, 크게 다쳤다고 들었어!"

"괜찮으세요, 루그 님?!"

진흙과 먼지를 뒤집어쓴 디아와 타르트가 헐레벌떡 구호실에 뛰어 들어왔다.

"걱정 안 해도 돼. 왼팔만 못 쓰게 되는 선에서 끝났고, 처치도 마쳤어."

"다행이다. 여기 왔더니 루그가 크게 다쳤다며 다들 떠들잖아. 걱정했어."

"역시 저도 같이 가야 했어요."

디아가 안겨 들었고, 타르트가 울상을 지었다.

그런 두 사람을 보고 있으니 곤두섰던 마음이 살짝 풀어졌다.

"걱정한 건 나도 마찬가지야. 여기 있는 기사들은 강했지? 둘 다 무사해서 다행이야."

"우리보다 루그가 더 심각해."

"맞아요. 남은 일은 다른 사람들에게 맡기고 안정을 취하세요."

일어나려고 하는 나를 두 사람이 침대로 밀었다.

"……놔 줘. 한 시간 쉬고 나서 나갈 거야. 준비하고 싶어."

"그런 몸으로 뭘 하려고?"

"에포나에게 가세할 거야. 아직 뱀 마족과 싸우고 있는 것 같아."

용사 에포나의 싸움은 마치 자연재해 같았다.

상당히 멀리 떨어져 있음에도 소리, 빛, 열이 이 도시까지 전해져서 지금도 싸움이 이어지고 있음을 알 수 있었다.

그리고 그런 재해급 싸움이기에 설령 정예들이어도 가세할 수 없다.

【생명의 열매】를 얻은 뱀 마족 미나의 힘은 에포나와 동등한 듯했다.

나 혼자서는 이길 수 없다. 하지만 에포나에게 가세하여 천칭을 기울일 수는 있을 터다.

"무모해! 에포나를 믿고 그냥 가만있어. 지금 루그가 가 봤자 짐만 된다는 거 몰라?"

"맞아요. 아무리 루그 님이 강해도 다친 왼팔은 바로 안 낫잖아요? 체력과 마력도 다 소진하셨고……."

두 사람 다 진심으로 나를 걱정하고 있었다.

그리고 분석도 정확했다.

"그래서 한 시간 쉬겠다는 거야. 그만큼 쉬면 최소한 상처는 아물고, 체력과 마력도 회복돼."

뼈는 붙지 않더라도 깁스로 고정하면 악화되지 않고, 최소한으로 붙여 둔 피부가 정착하면 상처 표면은 아물어서 화상의 격통도 가라앉을 것이다.

"반드시 가겠다는 거구나. 그런 얼굴을 하고 있어."

"노이슈가 하려던 일이 옳은 건지, 아니면 그저 속았을 뿐인지 확인하고 싶어. ……무엇보다 나 자신이 미나를 용서할 수 없어."

노이슈를 죽인 것은 나의 죄다.

하지만 그렇게 만든 것은 미나다.

"알았어. 그 대신 우리도 갈 거야."

"지금의 저희라면 방해되지 않을 거예요."

"알고 있는 거야? 마왕에 가까워진 마족과 에포나의 싸움이야. 너희도 위험해."

"무서워. 하지만 각오는 됐어."

"저희 둘이 루그 님의 왼팔만큼 일하겠어요."

두 사람의 눈을 보고 확신했다.

아무리 말해도, 무슨 일이 있어도, 두 사람은 나를 혼자 보내지 않는다.

만약 혼자 간다면 멋대로 쫓아올 것이다.

그게 훨씬 더 위험하다.

아니, 더 좋은 방법이 있나.

"……디아, 타르트, 왜 경계하고 있어?"

두 사람은 확연하게 나를 경계하며 공격에 대비하고 있었다.

특히 턱을 조심하고 있었다.

빈틈이 없었다.

왼팔을 쓰지 못하고 체력을 완전히 소모한 지금의 내가 공격해도 반격당할 것이다.

"그야 이럴 때 루그는 우리를 기절시키고 출발하자는 식으로 생각하니까."

"디아 님과 같은 의견이에요. 루그 님은 일격으로 뇌진탕을 일으키니까요. 세 시간은 못 일어나게 돼요."

"응응, 턱을 콱 하면 눈앞이 핑 돌아서 쓰러져 버리는 그거, 무서워."

예상했나.

예전에 똑같은 수법을 쓴 게 잘못이었던 것 같다.

"내가 졌어. 셋이서 가자."

"고분고분해서 좋네."

"그럼 준비하고 올게요."

타르트가 잰달음질 쳐 나가고, 디아는 내가 있는 침대에 앉았다. 타르트 혼자 준비하러 나간 것은 디아를 감시인으로 남기기 위해서였다.

나는 전부 단념하고, 협탁에 있는 파우치에서 특수한 드링크제를 꺼내 들이켠 뒤, 보존식을 먹어 치웠다.

그리고 누웠다.

조금이라도 완벽한 컨디션에 가까워지기 위해 자기로 했다.

디아가 내 머리를 쓰다듬었다.

"왜?"

"그냥, 루그가 슬퍼 보여서. 그거 알아? 울 것 같은 얼굴을 하고 있어."

"친구를 죽였어. 당연히 슬프지. 각오하고, 죽일 수밖에 없다고 판단하여 그렇게 했어. 좀 더 담담히 받아들일 수 있을 줄 알았는데…… 안 그런가 봐."

전생에는 친구를 수없이 죽였다.

조직의 명령으로 배신자를 몇 명이나 죽였다.

당연한 일이었기에 고민하지도 않았고, 슬퍼하지도 않았다.

그저 어리석다고 말하며 칼을 휘둘렀다.

지금의 나는 도저히 그럴 수 없었다.

"슬픈 게 당연해. 루그, 애썼구나."

디아가 다시 머리를 쓰다듬었다.

슬픔이 조금 가신 것 같았고, 그렇게 슬픔이 가신 것에 죄책감이 들었다.

"지금은 쉬어. 내가 이렇게 있어 줄 테니까."

"……고마워. 어리광 좀 부릴게."

나는 디아의 체온을 느끼며 눈을 감았다.

뱀 마족 미나, 녀석한테서 반드시 모든 것을 듣자.

그리고 죽이겠다.

그건 암살 귀족으로서 이 나라의 병폐를 제거하는 행위임과 동시에…… 나의 아주 개인적인 살의에 의한 다짐이었다.

■작가 후기

『세계 최고의 암살자, 이세계 귀족으로 전생하다 7』을 읽어 주셔서 감사합니다.

작가 『츠키요 루이』입니다.

7권의 메인은 그와의 싸움입니다.

루그의 감정에 주목하며 읽어 주시면 좋겠습니다. 루그가 전에 없이 인간다운 모습을 보입니다.

이건 다른 이야기인데, TV 애니메이션이 (과장 없이) 큰 인기를 얻고 무사히 방영을 마쳤습니다.

반향이 커서 놀랐습니다. 여기서 더 나아간 전개가 가능하도록 소설도 포함해서 이것저것 힘내겠습니다.

여러분, 응원해 주셔서 정말로 감사합니다! 보시지 않은 분은 각 스트리밍 사이트에서 볼 수 있을 테니 꼭 봐 주세요.

문제는 작가의 상태가 안 좋다는 겁니다. 애니 방영 중에 우울증에 걸려서 약을 처방받고 잘 회복되는 것 같았습니다.

하지만 애니가 끝나고 조금 지났을 때, 많이 나았으니 약한 약으로 바꾸겠다는 의사 선생님의 지시가 있었습니다. 그게 함정이었어요.

약이 약해지자마자 메일, SNS, 기타 등등 타인의 의견이 무서워서 볼 수 없게 되었습니다.

단계적으로 약한 약으로 바꾼 덕분에 지금은 완치되어서(의사 공인) 약이 필요 없어졌습니다!

그 점은 감사하지만, 회복 기간에 메일과 SNS를 안 본지라 난감한 상황이 됐습니다.

덕분에 요 1년 사이에 업무 관계자와 완전히 소원해지고 말았습니다.

다만 전술한 대로 몸은 조금씩 차도를 보이고 있으니, 앞으로는 다시 씩씩하게 집필 활동을 할 수 있도록 힘내겠습니다!

감사 인사

레이아 선생님, 언제나 멋진 일러스트를 그려 주셔서 감사합니다!

카도카와 스니커문고 편집부와 관계자 여러분. 디자인을 담당해 주신 아츠지 타카히사 님, 여기까지 읽어 주신 독자님들께 무한한 감사를 드립니다! 고맙습니다.

세계 최고의 암살자, 이세계 귀족으로 전생하다 7

SEKAI SAIKO NO
ANNSATSUSYA
ISEKAI KIZOKU
TENNSEI SURU

((지금… 당신의 뇌에
직접 말하고 있습니다….
암살 귀족 애니를 보세요….
엄청나게 멋있으니까…! 진짜로…!))

캐릭터 디자인도
귀여워요!!

세계 최고의 암살자, 이세계 귀족으로 전생하다 7

초판 1쇄 발행 2023년 6월 20일

지은이_ Rui Tsukiyo
일러스트_ Reia
옮긴이_ 송재희

발행인_ 최원영
편집장_ 김승신
편집진행_ 권세라 · 최혁수 · 김경민 · 최정민
편집디자인_ 양우연
관리 · 영업_ 김민원

펴낸곳_ (주)디앤씨미디어
등록_ 2002년 4월 25일 제20-260호
주소_ 서울시 구로구 디지털로 26길 111 JnK디지털타워 503호
전화_ 02-333-2513(대표)
팩시밀리_ 02-333-2514
이메일_ lnovellove@naver.com
ㄴ노벨 공식 카페_ http://cafe.naver.com/lnovel11

SEKAI SAIKO NO ANSATSUSHA, ISEKAI KIZOKU NI TENSEI SURU Vol. 7
©Rui Tsukiyo, Reia 2022
First published in Japan in 2022 by KADOKAWA CORPORATION, Tokyo.
Korean translation rights arranged with KADOKAWA CORPORATION, Tokyo.

ISBN 979-11-278-6872-7 04830
ISBN 979-11-278-5473-7 (세트)

값 11,000원